ANTOLOGIA POÉTICA

ANTOLOGIA POÉTICA

CARLOS DRUMMOND DE ANDRADE

POSFÁCIO DE
ZÉLIA DUNCAN

nova edição

EDITORA RECORD
RIO DE JANEIRO • SÃO PAULO
2024

CONSELHO EDITORIAL
Afonso Borges, Edmílson Caminha,
Livia Vianna, Luis Mauricio Graña Drummond,
Pedro Augusto Graña Drummond,
Roberta Machado, Rodrigo Lacerda
e Sônia Machado Jardim

EDITOR-EXECUTIVO
Rodrigo Lacerda

GERENTE EDITORIAL
Duda Costa

EDITORA ASSISTENTE
Thaís Lima

ASSISTENTES EDITORIAIS
Caíque Gomes e Nathalia Necchy (estagiária)

PROJETO GRÁFICO DE CAPA E MIOLO
Leonardo Iaccarino

FIXAÇÃO DE TEXTO E BIBLIOGRAFIAS
Alexei Bueno

CRONOLOGIA
José Domingos de Brito (criação)
Marcella Ramos (checagem)

REVISÃO
Renato Rosário

DIAGRAMAÇÃO
Mayara Kelly (estagiária)

IMAGEM DE CAPA
nadezhda F/Shutterstock

AUTOCARICATURA (LOMBADA)
Carlos Drummond de Andrade, 1961

FOTO DRUMMOND (ORELHA)
Stefan Rosenbauer, déc. 1960. Arquivo Carlos
Drummond de Andrade / Fundação Casa
de Rui Barbosa

CIP-BRASIL. CATALOGAÇÃO NA PUBLICAÇÃO
SINDICATO NACIONAL DOS EDITORES DE LIVROS, RJ

A566a
72. ed.

Andrade, Carlos Drummond de, 1902-1987
  Antologia poética / Carlos Drummond de Andrade. - 72. ed.
Rio de Janeiro : Record, 2024.

  Inclui bibliografia
  ISBN 978-65-5587-462-4

  1. Poesia brasileira. I. Título.

22-75689

CDD: 869.1
CDU: 82-1(81)

Meri Gleice Rodrigues de Souza - Bibliotecária - CRB-7/6439

Carlos Drummond de Andrade © Graña Drummond
www.carlosdrummond.com.br

Todos os direitos reservados. Proibida a reprodução, armazenamento ou transmissão de partes
deste livro, através de quaisquer meios, sem prévia autorização por escrito.

Texto revisado segundo o Acordo Ortográfico da Língua Portuguesa de 1990.

Direitos exclusivos desta edição reservados pela
EDITORA RECORD LTDA.
Rua Argentina, 171 – Rio de Janeiro, RJ – 20921-380 – Tel.: (21) 2585-2000.

Impresso no Brasil

ISBN 978-65-5587-462-4

Seja um leitor preferencial Record.
Cadastre-se no site www.record.com.br e receba informações
sobre nossos lançamentos e nossas promoções.

Atendimento e venda direta ao leitor:
sac@record.com.br

SUMÁRIO

13   Nota da primeira edição

UM EU TODO RETORCIDO

19   Poema de sete faces [AP]*
21   Soneto da perdida esperança [BA]
22   Poema patético [BA]
23   Dentaduras duplas [SM]
26   A bruxa [JO]
28   José [JO]
31   A mão suja [JO]
34   A flor e a náusea [RP]
36   Consolo na praia [RP]
38   Idade madura [RP]
41   Versos à boca da noite [RP]
44   Indicações [RP]
47   Os últimos dias [RP]
51   Aspiração [CE]
52   A música barata [LC]
53   Estrambote melancólico [FA]
54   Nudez [VL]
57   O enterrado vivo [FA]

* Abreviaturas dos livros: Alguma poesia [AP], Brejo das almas [BA], Sentimento do mundo [SM], José [JO], A rosa do povo [RP], Novos poemas [NP], Claro enigma [CE], Viola de bolso [VB], Fazendeiro do ar [FA], A vida passada a limpo [VL] e Lição de coisas [LC]. [*N. do E.*]

UMA PROVÍNCIA: ESTA

61 Cidadezinha qualquer [AP]
62 Romaria [AP]
64 Confidência do itabirano [SM]
65 Evocação mariana [CE]
66 Canção da Moça-Fantasma de Belo Horizonte [SM]
69 Morte de Neco Andrade [FA]
71 Estampas de Vila Rica [CE]
74 Prece de mineiro no Rio [VL]

A FAMÍLIA QUE ME DEI

79 Retrato de família [RP]
82 Os bens e o sangue [CE]
88 Infância [AP]
89 Viagem na família [JO]
93 Convívio [CE]
95 Perguntas [CE]
98 Carta [CE]
100 A mesa [CE]
111 Ser [CE]
112 A Luis Mauricio, infante [FA]

CANTAR DE AMIGOS

119 Ode no cinquentenário do poeta brasileiro [SM]
123 Mário de Andrade desce aos infernos [RP]
127 Viagem de Américo Facó [FA]
128 Conhecimento de Jorge de Lima [FA]
129 A mão [LC]
131 A Federico García Lorca [NP]
133 Canto ao homem do povo Charlie Chaplin [RP]

NA PRAÇA DE CONVITES

145 Coração numeroso [AP]
146 Sentimento do mundo [SM]
148 Lembrança do mundo antigo [SM]
149 Elegia 1938 [SM]
150 Mãos dadas [SM]
151 Congresso Internacional do Medo [SM]
152 Nosso tempo [RP]
159 O elefante [RP]
163 Desaparecimento de Luísa Porto [NP]
168 Morte do leiteiro [RP]
171 Os ombros suportam o mundo [SM]
172 Anúncio da rosa [RP]
174 Contemplação no banco [CE]
177 Canção amiga [NP]

AMAR-AMARO

181 O amor bate na aorta [BA]
183 Quadrilha [AP]
184 Necrológio dos desiludidos do amor [BA]
186 Não se mate [BA]
188 O mito [RP]
195 Caso do vestido [RP]
202 Campo de flores [CE]
204 Escada [FA]
206 Estâncias [NP]
207 Ciclo [VL]
211 Véspera [VL]
214 Instante [VL]
215 Os poderes infernais [VL]
216 Soneto do pássaro [VL]
217 O quarto em desordem [FA]

218 Amar [CE]
219 Entre o ser e as coisas [CE]
220 Tarde de maio [CE]
222 Fraga e sombra [CE]
223 Canção para álbum de moça [CE]
225 Rapto [CE]
226 Memória [CE]
227 Amar-amaro [LC]

POESIA CONTEMPLADA

231 O lutador [JO]
235 Procura da poesia [RP]
238 Brinde no banquete das musas [FA]
239 Oficina irritada [CE]
240 Poema-orelha [VL]
242 Conclusão [FA]

UMA, DUAS ARGOLINHAS

245 Sinal de apito [AP]
246 Política literária [AP]
247 Os materiais da vida [VL]
248 Áporo [RP]
249 Caso pluvioso [VB]

TENTATIVA DE EXPLORAÇÃO E DE INTERPRETAÇÃO
DO ESTAR-NO-MUNDO

255 No meio do caminho [AP]
256 Os mortos de sobrecasaca [SM]
257 Os animais do presépio [CE]
259 Cantiga de enganar [CE]
263 Tristeza no céu [JO]

264 Rola mundo [RP]

268 A máquina do mundo [CE]

272 Jardim [NP]

273 Composição [NP]

274 Cerâmica [LC]

275 Relógio do Rosário [CE]

278 Domicílio [FA]

279 Canto esponjoso [NP]

280 O arco [NP]

281 Especulações em torno da palavra homem [VL]

286 Descoberta [LC]

287 Eterno [FA]

289 Maralto [VB]

291 A um hotel em demolição [VL]

301 A ingaia ciência [CE]

302 Segredo [BA]

303 Vida menor [RP]

305 Resíduo [RP]

308 Movimento da espada [RP]

310 Intimação [LC]

312 Canto negro [CE]

316 Os dois vigários [LC]

320 Elegia [FA]

323 Posfácio, *por Zélia Duncan*

329 Cronologia: Na época do lançamento (1959-1965)

343 Bibliografia de Carlos Drummond de Andrade

351 Bibliografia sobre Carlos Drummond de Andrade (seleta)

361 Índice de primeiros versos

ANTOLOGIA POÉTICA

NOTA DA PRIMEIRA EDIÇÃO

Ao organizar este volume, o autor não teve em mira, propriamente, selecionar poemas pela qualidade, nem pelas fases que acaso se observem em sua carreira poética. Cuidou antes de localizar, na obra publicada, certas características, preocupações e tendências que a condicionam ou definem, em conjunto. A *Antologia* lhe pareceu assim mais vertebrada e, por outro lado, espelho mais fiel.

Escolhidos e agrupados os poemas sob esse critério, resultou uma *Antologia* que não segue a divisão por livros nem obedece a cronologia rigorosa. O texto foi distribuído em nove seções, cada uma contendo material extraído de diferentes obras, e disposto segundo uma ordem interna. O leitor encontrará assim, como pontos de partida ou matéria de poesia: 1) O indivíduo; 2) A terra natal; 3) A família; 4) Amigos; 5) O choque social; 6) O conhecimento amoroso; 7) A própria poesia; 8) Exercícios lúdicos; 9) Uma visão, ou tentativa de, da existência.

Algumas poesias caberiam talvez em outra seção que não a escolhida, ou em mais de uma. A razão da escolha está na tônica da composição, ou no engano do autor. De qualquer modo, é uma arrumação, ou pretende ser.

C. D. A.

Rio de Janeiro, 1962.

UM EU TODO RETORCIDO

POEMA DE SETE FACES

Quando nasci, um anjo torto
desses que vivem na sombra
disse: Vai, Carlos! ser *gauche* na vida.

As casas espiam os homens
que correm atrás de mulheres.
A tarde talvez fosse azul,
não houvesse tantos desejos.

O bonde passa cheio de pernas:
pernas brancas pretas amarelas.
Para que tanta perna, meu Deus, pergunta meu coração.
Porém meus olhos
não perguntam nada.

O homem atrás do bigode
é sério, simples e forte.
Quase não conversa.
Tem poucos, raros amigos
o homem atrás dos óculos e do bigode.

Meu Deus, por que me abandonaste
se sabias que eu não era Deus
se sabias que eu era fraco.

Mundo mundo vasto mundo,
se eu me chamasse Raimundo
seria uma rima, não seria uma solução.
Mundo mundo vasto mundo,
mais vasto é meu coração.

Eu não devia te dizer
mas essa lua
mas esse conhaque
botam a gente comovido como o diabo.

SONETO DA PERDIDA ESPERANÇA

Perdi o bonde e a esperança.
Volto pálido para casa.
A rua é inútil e nenhum auto
passaria sobre meu corpo.

Vou subir a ladeira lenta
em que os caminhos se fundem.
Todos eles conduzem ao
princípio do drama e da flora.

Não sei se estou sofrendo
ou se é alguém que se diverte
por que não? na noite escassa

com um insolúvel flautim.
Entretanto há muito tempo
nós gritamos: sim! ao eterno.

POEMA PATÉTICO

Que barulho é esse na escada?
É o amor que está acabando,
é o homem que fechou a porta
e se enforcou na cortina.

Que barulho é esse na escada?
É Guiomar que tapou os olhos
e se assoou com estrondo.
É a lua imóvel sobre os pratos
e os metais que brilham na copa.

Que barulho é esse na escada?
É a torneira pingando água,
é o lamento imperceptível
de alguém que perdeu no jogo
enquanto a banda de música
vai baixando, baixando de tom.

Que barulho é esse na escada?
É a virgem com um trombone,
a criança com um tambor,
o bispo com uma campainha
e alguém abafando o rumor
que salta de meu coração.

DENTADURAS DUPLAS

A Onestaldo de Pennafort

Dentaduras duplas!
Inda não sou bem velho
para merecer-vos...
Há que contentar-me
com uma ponte móvel
e esparsas coroas.
(Coroas sem reino,
os reinos protéticos
de onde proviestes
quando produzirão
a tripla dentadura,
dentadura múltipla,
a serra mecânica,
sempre desejada,
jamais possuída,
que acabará
com o tédio da boca,
a boca que beija,
a boca romântica?...)

Resovin! Hecolite!
Nomes de países?
Fantasmas femininos?
Nunca: dentaduras,
engenhos modernos,

práticos, higiênicos,
a vida habitável:
a boca mordendo,
os delirantes lábios
apenas entreabertos
num sorriso técnico,
e a língua especiosa
através dos dentes
buscando outra língua,
afinal sossegada...
A serra mecânica
não tritura amor.
E todos os dentes
extraídos sem dor.
E a boca liberta
das funções poético-
-sofístico-dramáticas
de que rezam filmes
e velhos autores.

Dentaduras duplas:
dai-me enfim a calma
que Bilac não teve
para envelhecer.
Desfibrarei convosco
doces alimentos,
serei casto, sóbrio,
não vos aplicando
na deleitação convulsa
de uma carne triste
em que tantas vezes
me eu perdi.

Largas dentaduras,
vosso riso largo
me consolará
não sei quantas fomes
ferozes, secretas
no fundo de mim.
Não sei quantas fomes
jamais compensadas.
Dentaduras alvas,
antes amarelas
e por que não cromadas
e por que não de âmbar?
de âmbar! de âmbar!
feéricas dentaduras,
admiráveis presas,
mastigando lestas
e indiferentes
a carne da vida!

A BRUXA

A Emil Farhat

Nesta cidade do Rio,
de dois milhões de habitantes,
estou sozinho no quarto
estou sozinho na América.

Estarei mesmo sozinho?
Ainda há pouco um ruído
anunciou vida a meu lado.
Certo não é vida humana,
mas é vida. E sinto a bruxa
presa na zona de luz.

De dois milhões de habitantes!
E nem precisava tanto...
Precisava de um amigo,
desses calados, distantes,
que leem verso de Horácio
mas secretamente influem
na vida, no amor, na carne.
Estou só, não tenho amigo,
e a essa hora tardia
como procurar amigo?

E nem precisava tanto.
Precisava de mulher

que entrasse nesse minuto,
recebesse este carinho,
salvasse do aniquilamento
um minuto e um carinho loucos
que tenho para oferecer.

Em dois milhões de habitantes,
quantas mulheres prováveis
interrogam-se no espelho
medindo o tempo perdido
até que venha a manhã
trazer leite, jornal e calma.
Porém a essa hora vazia
como descobrir mulher?

Esta cidade do Rio!
Tenho tanta palavra meiga,
conheço vozes de bichos,
sei os beijos mais violentos,
viajei, briguei, aprendi.
Estou cercado de olhos,
de mãos, afetos, procuras.
Mas se tento comunicar-me,
o que há é apenas a noite
e uma espantosa solidão.

Companheiros, escutai-me!
Essa presença agitada
querendo romper a noite
não é simplesmente a bruxa.
É antes a confidência
exalando-se de um homem.

JOSÉ

E agora, José?
A festa acabou,
a luz apagou,
o povo sumiu,
a noite esfriou,
e agora, José?
e agora, você?
você que é sem nome,
que zomba dos outros,
você que faz versos,
que ama, protesta?
e agora, José?

Está sem mulher,
está sem discurso,
está sem carinho,
já não pode beber,
já não pode fumar,
cuspir já não pode,
a noite esfriou,
o dia não veio,
o bonde não veio,
o riso não veio
não veio a utopia
e tudo acabou
e tudo fugiu

e tudo mofou,
e agora, José?

E agora, José?
Sua doce palavra,
seu instante de febre,
sua gula e jejum,
sua biblioteca,
sua lavra de ouro,
seu terno de vidro,
sua incoerência,
seu ódio – e agora?

Com a chave na mão
quer abrir a porta,
não existe porta;
quer morrer no mar,
mas o mar secou;
quer ir para Minas,
Minas não há mais.
José, e agora?

Se você gritasse,
se você gemesse,
se você tocasse
a valsa vienense,
se você dormisse,
se você cansasse,
se você morresse...
Mas você não morre,
você é duro, José!

Sozinho no escuro
qual bicho do mato,
sem teogonia,
sem parede nua
para se encostar,
sem cavalo preto
que fuja a galope,
você marcha, José!
José, para onde?

A MÃO SUJA

Minha mão está suja.
Preciso cortá-la.
Não adianta lavar.
A água está podre.
Nem ensaboar.
O sabão é ruim.
A mão está suja,
suja há muitos anos.

A princípio oculta
no bolso da calça,
quem o saberia?
Gente me chamava
na ponta do gesto.
Eu seguia, duro.
A mão escondida
no corpo espalhava
seu escuro rastro.
E vi que era igual
usá-la ou guardá-la.
O nojo era um só.

Ai, quantas noites
no fundo da casa
lavei essa mão,
poli-a, escovei-a.

Cristal ou diamante,
por maior contraste,
quisera torná-la,
ou mesmo, por fim,
uma simples mão branca,
mão limpa de homem,
que se pode pegar
e levar à boca
ou prender à nossa
num desses momentos
em que dois se confessam
sem dizer palavra...
A mão incurável
abre dedos sujos.

E era um sujo vil,
não sujo de terra,
sujo de carvão
casca de ferida,
suor na camisa
de quem trabalhou.
Era um triste sujo
feito de doença
e de mortal desgosto
na pele enfarada.
Não era sujo preto
– o preto tão puro
numa coisa branca.
Era sujo pardo,
pardo, tardo, cardo.

Inútil reter
a ignóbil mão suja

posta sobre a mesa.
Depressa, cortá-la,
fazê-la em pedaços
e jogá-la ao mar!
Com o tempo, a esperança
e seus maquinismos,
outra mão virá
pura – transparente –
colar-se a meu braço.

A FLOR E A NÁUSEA

Preso à minha classe e a algumas roupas,
vou de branco pela rua cinzenta.
Melancolias, mercadorias espreitam-me.
Devo seguir até o enjoo?
Posso, sem armas, revoltar-me?

Olhos sujos no relógio da torre:
Não, o tempo não chegou de completa justiça.
O tempo é ainda de fezes, maus poemas, alucinações e espera.
O tempo pobre, o poeta pobre
fundem-se no mesmo impasse.

Em vão me tento explicar, os muros são surdos.
Sob a pele das palavras há cifras e códigos.
O sol consola os doentes e não os renova.
As coisas. Que tristes são as coisas, consideradas sem ênfase.

Vomitar esse tédio sobre a cidade.
Quarenta anos e nenhum problema
resolvido, sequer colocado.
Nenhuma carta escrita nem recebida.
Todos os homens voltam para casa.
Estão menos livres mas levam jornais
e soletram o mundo, sabendo que o perdem.

Crimes da terra, como perdoá-los?
Tomei parte em muitos, outros escondi.
Alguns achei belos, foram publicados.
Crimes suaves, que ajudam a viver.
Ração diária de erro, distribuída em casa.
Os ferozes padeiros do mal.
Os ferozes leiteiros do mal.

Pôr fogo em tudo, inclusive em mim.
Ao menino de 1918 chamavam anarquista.
Porém meu ódio é o melhor de mim.
Com ele me salvo
e dou a poucos uma esperança mínima.

Uma flor nasceu na rua!
Passem de longe, bondes, ônibus, rio de aço do tráfego.
Uma flor ainda desbotada
ilude a polícia, rompe o asfalto.
Façam completo silêncio, paralisem os negócios,
garanto que uma flor nasceu.

Sua cor não se percebe.
Suas pétalas não se abrem.
Seu nome não está nos livros.
É feia. Mas é realmente uma flor.

Sento-me no chão da capital do país às cinco horas da tarde
e lentamente passo a mão nessa forma insegura.
Do lado das montanhas, nuvens maciças avolumam-se.
Pequenos pontos brancos movem-se no mar, galinhas em pânico.
É feia. Mas é uma flor. Furou o asfalto, o tédio, o nojo e o ódio.

CONSOLO NA PRAIA

Vamos, não chores...
A infância está perdida.
A mocidade está perdida.
Mas a vida não se perdeu.

O primeiro amor passou.
O segundo amor passou.
O terceiro amor passou.
Mas o coração continua.

Perdeste o melhor amigo.
Não tentaste qualquer viagem.
Não possuis casa, navio, terra.
Mas tens um cão.

Algumas palavras duras,
em voz mansa, te golpearam.
Nunca, nunca cicatrizam.
Mas, e o *humour*?

A injustiça não se resolve.
À sombra do mundo errado
murmuraste um protesto tímido.
Mas virão outros.

Tudo somado, devias
precipitar-te, de vez, nas águas.
Estás nu na areia, no vento...
Dorme, meu filho.

IDADE MADURA

As lições da infância
desaprendidas na idade madura.
Já não quero palavras
nem delas careço.
Tenho todos os elementos
ao alcance do braço.
Todas as frutas
e consentimentos.
Nenhum desejo débil.
Nem mesmo sinto falta
do que me completa e é quase sempre melancólico.

Estou solto no mundo largo.
Lúcido cavalo
com substância de anjo
circula através de mim.
Sou varado pela noite, atravesso os lagos frios,
absorvo epopeia e carne,
bebo tudo,
desfaço tudo,
torno a criar, a esquecer-me:
durmo agora, recomeço ontem.

De longe vieram chamar-me.
Havia fogo na mata.
Nada pude fazer,

nem tinha vontade.
Toda a água que possuía
irrigava jardins particulares
de atletas retirados, freiras surdas, funcionários demitidos.
Nisso vieram os pássaros,
rubros, sufocados, sem canto,
e pousaram a esmo.
Todos se transformaram em pedra.
Já não sinto piedade.

Antes de mim outros poetas,
depois de mim outros e outros
estão cantando a morte e a prisão.
Moças fatigadas se entregam, soldados se matam
no centro da cidade vencida.
Resisto e penso
numa terra enfim despojada de plantas inúteis,
num país extraordinário, nu e terno,
qualquer coisa de melodioso,
não obstante mudo,
além dos desertos onde passam tropas, dos morros
onde alguém colocou bandeiras com enigmas,
e resolvo embriagar-me.

Já não dirão que estou resignado
E perdi os melhores dias.
Dentro de mim, bem no fundo,
há reservas colossais de tempo,
futuro, pós-futuro, pretérito,
há domingos, regatas, procissões,
há mitos proletários, condutos subterrâneos,
janelas em febre, massas de água salgada, meditação e sarcasmo.

Ninguém me fará calar, gritarei sempre
que se abafe um prazer, apontarei os desanimados,
negociarei em voz baixa com os conspiradores,
transmitirei recados que não se ousa dar nem receber,
serei, no circo, o palhaço,
serei médico, faca de pão, remédio, toalha,
serei bonde, barco, loja de calçados, igreja, enxovia,
serei as coisas mais ordinárias e humanas, e também as excepcionais:
tudo depende da hora
e de certa inclinação feérica,
viva em mim qual um inseto.

Idade madura em olhos, receitas e pés, ela me invade
com sua maré de ciências afinal superadas.
Posso desprezar ou querer os institutos, as lendas,
descobri na pele certos sinais que aos vinte anos não via.
Eles dizem o caminho,
embora também se acovardem
em face a tanta claridade roubada ao tempo.
Mas eu sigo, cada vez menos solitário,
em ruas extremamente dispersas,
transito no canto do homem ou da máquina que roda,
aborreço-me de tanta riqueza, jogo-a toda por um número de casa,
e ganho.

VERSOS À BOCA DA NOITE

Sinto que o tempo sobre mim abate
sua mão pesada. Rugas, dentes, calva...
Uma aceitação maior de tudo,
e o medo de novas descobertas.

Escreverei sonetos de madureza?
Darei aos outros a ilusão de calma?
Serei sempre louco? sempre mentiroso?
Acreditarei em mitos? Zombarei do mundo?

Há muito suspeitei o velho em mim.
Ainda criança, já me atormentava.
Hoje estou só. Nenhum menino salta
de minha vida, para restaurá-la.

Mas se eu pudesse recomeçar o dia!
Usar de novo minha adoração,
meu grito, minha fome... Vejo tudo
impossível e nítido, no espaço.

Lá onde não chegou minha ironia,
entre ídolos de rosto carregado,
ficaste, explicação de minha vida,
como os objetos perdidos na rua.

As experiências se multiplicaram:
viagens, furtos, altas solidões,
o desespero, agora cristal frio,
a melancolia, amada e repelida,

e tanta indecisão entre dois mares,
entre duas mulheres, duas roupas.
Toda essa mão para fazer um gesto
que de tão frágil nunca se modela,

e fica inerte, zona de desejo
selada por arbustos agressivos.
(Um homem se contempla sem amor,
se despe sem qualquer curiosidade.)

Mas vêm o tempo e a ideia de passado
visitar-te na curva de um jardim.
Vem a recordação, e te penetra
dentro de um cinema, subitamente.

E as memórias escorrem do pescoço,
do paletó, da guerra, do arco-íris;
enroscam-se no sono e te perseguem,
à busca de pupila que as reflita.

E depois das memórias vem o tempo
trazer novo sortimento de memórias,
até que, fatigado, te recuses
e não saibas se a vida é ou foi.

Esta casa, que miras de passagem,
estará no Acre? na Argentina? em ti?
que palavra escutaste, e onde, quando?
seria indiferente ou solidária?

Um pedaço de ti rompe a neblina,
voa talvez para a Bahia e deixa
outros pedaços, dissolvidos no atlas,
em País-do-riso e em tua ama preta.

Que confusão de coisas ao crepúsculo!
Que riqueza! sem préstimo, é verdade.
Bom seria captá-las e compô-las
num todo sábio, posto que sensível:

uma ordem, uma luz, uma alegria
baixando sobre o peito despojado.
E já não era o furor dos vinte anos
nem a renúncia às coisas que elegeu,

mas a penetração do lenho dócil,
um mergulho em piscina, sem esforço,
um achado sem dor, uma fusão,
tal uma inteligência do universo

comprada em sal, em rugas e cabelo.

INDICAÇÕES

Talvez uma sensibilidade maior ao frio,
desejo de voltar mais cedo para casa.
Certa demora em abrir o pacote de livros
esperado, que trouxe o correio.
Indecisão: irei ao cinema?
Dos três empregos de tua noite escolherás: nenhum.
Talvez certo olhar, mais sério, não ardente,
que pousas nas coisas, e elas compreendem.

Ou pelo menos supões que sim. São fiéis, as coisas
do teu escritório. A caneta velha. Recusas-te a trocá-la
pela que encerra o último segredo químico, a tinta imortal.
Certas manchas na mesa, que não sabes se o tempo,
se a madeira, se o pó trouxeram consigo.
Bem a conheces, tua mesa. Cartas, artigos, poemas
saíram dela, de ti. Da dura substância,
do calmo, da floresta partida elas vieram,
as palavras que achaste e juntaste, distribuindo-as.

A mão passa
na aspereza. O verniz que se foi. Não. É a árvore
que regressa. A estrada voltando. Minas que espreita,
e espera, longamente espera tua volta sem som.
A mesa se torna leve, e nela viajas
em ares de paciência, acordo, resignação.
Olhai a mesa que foge, não a toqueis. É a mesa volante,

de suas gavetas saltam papéis escuros, enfim os libertados segredos
sobre a terra metálica se espalham, se amortalham e calam-se.

De novo aqui, miúdo território
civil, sem sonhos. Como pressentindo
que um dia se esvaziam os quartos, se limpam as paredes,
e para um caminhão e descem carregadores,
e no livro municipal se cancela um registro,
olhas fundamente o risco de cada
coisa, a cor
de cada face dos objetos familiares.
A família é pois uma arrumação de móveis, soma
de linhas, volumes, superfícies. E são portas,
chaves, pratos, camas, embrulhos esquecidos,
também um corredor, e o espaço
entre o armário e a parede
onde se deposita certa porção de silêncio, traças e poeira
que de longe em longe se remove... e insiste.

Certamente faltam muitas explicações, seria difícil
compreender, mesmo ao cabo de longo tempo, por que um gesto
se abriu, outro se frustrou, tantos esboçados,
como seria impossível guardar todas as vozes
ouvidas ao almoço, ao jantar, na pausa da noite,
um ano, depois outro, e outros e outros,
todas as vozes ouvidas na casa durante quinze anos.
Entretanto, devem estar em alguma parte: acumularam-se,
embeberam degraus, invadiram canos,
informaram velhos papéis, perderam a força, o calor,
existem hoje em subterrâneos, umas na memória, outras na argila
                                                          [do sono.

Como saber? A princípio parece deserto,
como se nada ficasse, e um rio corresse
por tua casa, tudo absorvendo.
Lençóis amarelecem, gravatas puem,
a barba cresce, cai, os dentes caem,
os braços caem,
caem partículas de comida de um garfo hesitante,
as coisas caem, caem, caem,
e o chão está limpo, é liso.
Pessoas deitam-se, são transportadas, desaparecem,
e tudo é liso, salvo teu rosto
sobre a mesa curvado; e tudo imóvel.

OS ÚLTIMOS DIAS

Que a terra há de comer.
Mas não coma já.

Ainda se mova,
para o ofício e a posse.

E veja alguns sítios
antigos, outros inéditos.

Sinta frio, calor, cansaço;
pare um momento; continue.

Descubra em seu movimento
forças não sabidas, contatos.

O prazer de estender-se; o de
enrolar-se, ficar inerte.

Prazer de balanço, prazer de voo.

Prazer de ouvir música;
sobre papel deixar que a mão deslize.

Irredutível prazer dos olhos;
certas cores: como se desfazem, como aderem;
certos objetos, diferentes a uma luz nova.

Que ainda sinta cheiro de fruta,
de terra na chuva, que pegue,
que imagine e grave, que lembre.

O tempo de conhecer mais algumas pessoas,
de aprender como vivem, de ajudá-las.

De ver passar este conto: o vento
balançando a folha; a sombra
da árvore, parada um instante,
alongando-se com o sol, e desfazendo-se
numa sombra maior, de estrada sem trânsito.

E de olhar esta folha, se cai.
Na queda retê-la. Tão seca, tão morna.

Tem na certa um cheiro, particular entre mil.
Um desenho, que se produzirá ao infinito,
e cada folha é uma diferente.

E cada instante é diferente, e cada
homem é diferente, e somos todos iguais.
No mesmo ventre o escuro inicial, na mesma terra
o silêncio global, mas não seja logo.

Antes dele outros silêncios penetrem,
outras solidões derrubem ou acalentem
meu peito; ficar parado em frente desta estátua: é um torso
de mil anos, recebe minha visita, prolonga
para trás meu sopro, igual a mim
na calma, não importa o mármore, completa-me.

O tempo de saber que alguns erros caíram, e a raiz
da vida ficou mais forte e os naufrágios

não cortaram essa ligação subterrânea entre homens e coisas:
que os objetos continuam, e a trepidação incessante
não desfigurou o rosto dos homens;
que somos todos irmãos, insisto.

Em minha falta de recursos para dominar o fim,
entretanto me sinta grande, tamanho de criança, tamanho de torre,
tamanho da hora, que se vai acumulando século após século e causa
                                                    [vertigem
tamanho de qualquer João, pois somos todos irmãos.

E a tristeza de deixar os irmãos me faça desejar
partida menos imediata. Ah, podeis rir também,
não da dissolução, mas do fato de alguém resistir-lhe,
de outros virem depois, de todos sermos irmãos,
no ódio, no amor, na incompreensão e no sublime
cotidiano, tudo, mas tudo é nosso irmão.

O tempo de despedir-me e contar
que não espero outra luz além da que nos envolveu
dia após dia, noite em seguida a noite, fraco pavio,
pequena ampola fulgurante, facho, lanterna, faísca,
estrelas reunidas, fogo na mata, sol no mar,
mas que essa luz basta, a vida é bastante, que o tempo
é boa medida, irmãos, vivamos o tempo.

A doença não me intimide, que ela não possa
chegar até aquele ponto do homem onde tudo se explica.
Uma parte de mim sofre, outra pede amor,
outra viaja, outra discute, uma última trabalha,
sou todas as comunicações, como posso ser triste?

A tristeza não me liquide, mas venha também
na noite de chuva, na estrada lamacenta, no bar fechando-se,

que lute lealmente com sua presa,
e reconheça o dia entrando em explosões de confiança, esquecimento,
[amor,
ao fim da batalha perdida.

Este tempo, e não outro, sature a sala, banhe os livros,
nos bolsos, nos pratos se insinue: com sórdido ou potente clarão.
E todo o mel dos domingos se tire;
o diamante dos sábados, a rosa
de terça, a luz de quinta, a mágica
de horas matinais, que nós mesmos elegemos
para nossa pessoal despesa, essa parte secreta
de cada um de nós, no tempo.

E que a hora esperada não seja vil, manchada de medo,
submissão ou cálculo. Bem sei, um elemento de dor
rói sua base. Será rígida, sinistra, deserta,
mas não a quero negando as outras horas nem as palavras
ditas antes com voz firme, os pensamentos
maduramente pensados, os atos
que atrás de si deixaram situações.
Que o riso sem boca não a aterrorize,
e a sombra da cama calcária não a encha de súplicas,
dedos torcidos, lívido
suor de remorso.

E a matéria se veja acabar: adeus, composição
que um dia se chamou Carlos Drummond de Andrade.
Adeus, minha presença, meu olhar e minhas veias grossas,
meus sulcos no travesseiro, minha sombra no muro,
sinal meu no rosto, olhos míopes, objetos de uso pessoal, ideia de
[justiça, revolta e sono, adeus,
vida aos outros legada.

50

ASPIRAÇÃO

Já não queria a maternal adoração
que afinal nos exaure, e resplandece em pânico,
tampouco o sentimento de um achado precioso
como o de Catarina Kippenberg aos pés de Rilke.

E não queria o amor, sob disfarces tontos
da mesma ninfa desolada no seu ermo
e a constante procura de sede e não de linfa,
e não queria também a simples rosa do sexo,

abscôndita, sem nexo, nas hospedarias do vento,
como ainda não quero a amizade geométrica
de almas que se elegeram numa seara orgulhosa,
imbricamento, talvez? de carências melancólicas.

Aspiro antes à fiel indiferença
mas pausada bastante para sustentar a vida
e, na sua indiscriminação de crueldade e diamante,
capaz de sugerir o fim sem a injustiça dos prêmios.

A MÚSICA BARATA

Paloma, Violetera, Feuilles Mortes.
Saudades do Matão e de mais quem?
A música barata me visita
e me conduz
para um pobre nirvana à minha imagem.

Valsas e canções engavetadas
num armário que vibra de guardá-las,
no velho armário, cedro, pinho ou...?
(O marceneiro ao fazê-lo bem sabia
quanto essa madeira sofreria.)

Não quero Handel para meu amigo
nem ouço a matinada dos arcanjos.
Basta-me
o que veio da rua, sem mensagem,
e, como nos perdemos,
                                    se perdeu.

ESTRAMBOTE MELANCÓLICO

Tenho saudade de mim mesmo, sau-
dade sob aparência de remorso,
de tanto que não fui, a sós, a esmo,
e de minha alta ausência em meu redor.
Tenho horror, tenho pena de mim mesmo
e tenho muitos outros sentimentos
violentos. Mas se esquivam no inventário,
e meu amor é triste como é vário,
e sendo vário é um só. Tenho carinho
por toda perda minha na corrente
que de mortos a vivos me carreia
e a mortos restitui o que era deles
mas em mim se guardava. A estrela-d'alva
penetra longamente seu espinho

(e cinco espinhos são) na minha mão.

NUDEZ

Não cantarei amores que não tenho,
e, quando tive, nunca celebrei.
Não cantarei o riso que não rira
e que, se risse, ofertaria a pobres.
Minha matéria é o nada.
Jamais ousei cantar algo de vida:
se o canto sai da boca ensimesmada,
é porque a brisa o trouxe, e o leva a brisa,
nem sabe a planta o vento que a visita.

Ou sabe? Algo de nós acaso se transmite,
mas tão disperso, e vago, tão estranho,
que, se regressa a mim que o apascentava,
o ouro suposto é nele cobre e estanho,
estanho e cobre
e o que não é maleável deixa de ser nobre,
nem era amor aquilo que se amava.

Nem era dor aquilo que doía;
ou dói, agora, quando já se foi?
Que dor se sabe dor, e não se extingue?
(Não cantarei o mar: que ele se vingue
de meu silêncio, nesta concha.)

Que sentimento vive, e já prospera
cavando em nós a terra necessária

para se sepultar à moda austera
de quem vive sua morte?
Não cantarei o morto: é o próprio canto.
E já não sei do espanto,
da úmida assombração que vem do norte
e vai do sul, e, quatro, aos quatro ventos,
ajusta em mim seu terno de lamentos.
Não canto, pois não sei e toda sílaba
acaso reunida
a sua irmã, em serpes irritadas vejo as duas.

Amador de serpentes, minha vida
passarei, sobre a relva debruçado,
a ver a linha curva que se estende,
ou se contrai e atrai, além da pobre
área de luz de nossa geometria.
Estanho, estanho e cobre,
tais meus pecados, quanto mais fugi
do que enfim capturei, não mais visando
aos alvos imortais.

Ó descobrimento retardado
pela força de ver.
Ó encontro de mim, no meu silêncio,
configurado, repleto, numa casta
expressão de temor que se despede.
O golfo mais dourado me circunda
com apenas cerrar-se uma janela.
E já não brinco a luz. E dou notícia
estrita do que dorme,
sob placa de estanho, sonho informe,
um lembrar de raízes, ainda menos,
um calar de serenos

desidratados, sublimes ossuários
sem ossos;
a morte sem os mortos; a perfeita
anulação do tempo em tempos vários,
essa nudez, enfim, além dos corpos,
a modelar campinas no vazio
da alma, que é apenas alma, e se dissolve.

O ENTERRADO VIVO

É sempre no passado aquele orgasmo,
é sempre no presente aquele duplo,
é sempre no futuro aquele pânico.

É sempre no meu peito aquela garra.
É sempre no meu tédio aquele aceno.
É sempre no meu sono aquela guerra.

É sempre no meu trato o amplo distrato.
Sempre na minha firma a antiga fúria.
Sempre no mesmo engano outro retrato.

É sempre nos meus pulos o limite.
É sempre nos meus lábios a estampilha.
É sempre no meu não aquele trauma.

Sempre no meu amor a noite rompe.
Sempre dentro de mim meu inimigo.
E sempre no meu sempre a mesma ausência.

UMA PROVÍNCIA: ESTA

CIDADEZINHA QUALQUER

Casas entre bananeiras
mulheres entre laranjeiras
pomar amor cantar.

Um homem vai devagar.
Um cachorro vai devagar.
Um burro vai devagar.
Devagar... as janelas olham.

Eta vida besta, meu Deus.

ROMARIA

A Milton Campos

Os romeiros sobem a ladeira
cheia de espinhos, cheia de pedras,
sobem a ladeira que leva a Deus
e vão deixando culpas no caminho.

Os sinos tocam, chamam os romeiros:
Vinde lavar os vossos pecados.
Já estamos puros, sino, obrigados,
mas trazemos flores, prendas e rezas.

No alto do morro chega a procissão.
Um leproso de opa empunha o estandarte.
As coxas das romeiras brincam no vento.
Os homens cantam, cantam sem parar.

Jesus no lenho expira magoado.
Faz tanto calor, há tanta algazarra.
Nos olhos do santo há sangue que escorre.
Ninguém não percebe, o dia é de festa.

No adro da igreja há pinga, café,
imagens, fenômenos, baralhos, cigarros
e um sol imenso que lambuza de ouro
o pó das feridas e o pó das muletas.

Meu Bom Jesus que tudo podeis,
humildemente te peço uma graça.
Sarai-me, Senhor, e não desta lepra,
do amor que eu tenho e que ninguém me tem.

Senhor, meu amo, dai-me dinheiro,
muito dinheiro para eu comprar
aquilo que é caro mas é gostoso
e na minha terra ninguém não pissui.

Jesus meu Deus pregado na cruz,
me dá coragem pra eu matar
um que me amola de dia e de noite
e diz gracinhas a minha mulher.

Jesus Jesus piedade de mim.
Ladrão eu sou mas não sou ruim não.
Por que me perseguem não posso dizer.
Não quero ser preso, Jesus ó meu santo.

Os romeiros pedem com os olhos,
pedem com a boca, pedem com as mãos.
Jesus já cansado de tanto pedido
dorme sonhando com outra humanidade.

CONFIDÊNCIA DO ITABIRANO

Alguns anos vivi em Itabira.
Principalmente nasci em Itabira.
Por isso sou triste, orgulhoso: de ferro.
Noventa por cento de ferro nas calçadas.
Oitenta por cento de ferro nas almas.
E esse alheamento do que na vida é porosidade e comunicação.

A vontade de amar, que me paralisa o trabalho,
vem de Itabira, de suas noites brancas, sem mulheres e sem horizontes.
E o hábito de sofrer, que tanto me diverte,
é doce herança itabirana.

De Itabira trouxe prendas diversas que ora te ofereço:
esta pedra de ferro, futuro aço do Brasil;
este São Benedito do velho santeiro Alfredo Duval;
este couro de anta, estendido no sofá da sala de visitas;
este orgulho, esta cabeça baixa...

Tive ouro, tive gado, tive fazendas.
Hoje sou funcionário público.
Itabira é apenas uma fotografia na parede.
Mas como dói!

EVOCAÇÃO MARIANA

A igreja era grande e pobre. Os altares, humildes.
Havia poucas flores. Eram flores de horta.
Sob a luz fraca, na sombra esculpida
(quais as imagens e quais os fiéis?)
ficávamos.

Do padre cansado o murmúrio de reza
subia às tábuas do forro,
batia no púlpito seco,
entranhava-se na onda, minúscula e forte, de incenso,
perdia-se.

Não, não se perdia...
Desatava-se do coro a música deliciosa
(que esperas ouvir à hora da morte, ou depois da morte, nas campinas
[do ar)
e dessa música surgiam meninas – a alvura mesma –
cantando.

De seu peso terrestre a nave libertada,
como do tempo atroz imunes nossas almas,
flutuávamos
no canto matinal, sobre a treva do vale.

CANÇÃO DA MOÇA-FANTASMA DE BELO HORIZONTE

Eu sou a Moça-Fantasma
que espera na Rua do Chumbo
o carro da madrugada.
Eu sou branca e longa e fria,
a minha carne é um suspiro
na madrugada da serra.
Eu sou a Moça-Fantasma.
O meu nome era Maria,
Maria-Que-Morreu-Antes.

Sou a vossa namorada
que morreu de apendicite,
no desastre de automóvel
ou suicidou-se na praia
e seus cabelos ficaram
longos na vossa lembrança.
Eu nunca fui deste mundo:
Se beijava, minha boca
dizia de outros planetas
em que os amantes se queimam
num fogo casto e se tornam
estrelas, sem ironia.

Morri sem ter tido tempo
de ser vossa, como as outras.
Não me conformo com isso,
e quando as polícias dormem

em mim e fora de mim,
meu espectro itinerante
desce a Serra do Curral,
vai olhando as casas novas,
ronda as hortas amorosas
(Rua Cláudio Manuel da Costa),
para no Abrigo Ceará,
não há abrigo. Um perfume
que não conheço me invade:
é o cheiro do vosso sono
quente, doce, enrodilhado
nos braços das espanholas...
Oh! deixai-me dormir convosco.

E vai, como não encontro
nenhum dos meus namorados,
que as francesas conquistaram,
e que beberam todo o uísque
existente no Brasil
(agora dormem embriagados),
espreito os carros que passam
com choferes que não suspeitam
de minha brancura e fogem.
Os tímidos guardas-civis,
coitados! um quis me prender.
Abri-lhe os braços... Incrédulo,
me apalpou. Não tinha carne
e por cima do vestido
e por baixo do vestido
era a mesma ausência branca,
um só desespero branco...
Podeis ver: o que era corpo
foi comido pelo gato.

As moças que ainda estão vivas
(hão de morrer, ficai certos)
têm medo que eu apareça
e lhes puxe a perna... Engano.
Eu fui moça, serei moça
deserta, *per omnia saecula.*
Não quero saber de moças.
Mas os moços me perturbam.
Não sei como libertar-me.

Se o fantasma não sofresse,
se eles ainda me gostassem
e o espiritismo consentisse,
mas eu sei que é proibido,
vós sois carne, eu sou vapor.
Um vapor que se dissolve
quando o sol rompe na Serra.

Agora estou consolada,
disse tudo que queria,
subirei àquela nuvem,
serei lâmina gelada,
cintilarei sobre os homens.
Meu reflexo na piscina
da Avenida Paraúna
(estrelas não se compreendem),
ninguém o compreenderá.

MORTE DE NECO ANDRADE

QUANDO MATARAM
Neco Andrade, não pude sentir bastante emoção porque tinha de representar no teatrinho de amadores, e essa responsabilidade comprimia tudo.

A faca relumiou no campo – assim a vislumbrei, ao circular a notícia – e Neco, retorcendo-se, tombou do cavalo, e o assassino se curva para verificar a morte, e a tarde se enovela em vapores escuros e desce a umidade.

Caminhei para o palco temeroso de não lembrar a frase longa e difícil que me cabia proferir. O mau amador vive roído de dúvidas. Receava a desaprovação do auditório, e sua prévia reflexão em mim já frustrava o gesto, já tolhia a produção do mais autêntico.

O CAVALO
erra alguns instantes na planície, dedicação sem alvo. O assassino pondera o entardecer. E vela os despojos, enquanto mede as possibilidades de fuga. Evêm aí os soldados, atraídos pelo vento, pelo grito final do Andrade, pela secreta abdicação do criminoso, que, na medula, se sabe perdido. Não podemos matar nosso patrão; de ventre vazado, ele se vinga.

O cadáver de Neco atravessa canhestramente o segundo ato, da esquerda para a direita, volta, hesita, sai, instala-se nos bastidores embaixo da escada. As deixas perdem-se, o diálogo atropela-se. Neco está se esvaindo em silêncio e eu, seu primo, não sei socorrê-lo.

O ASSASSINO

chega preso, a multidão acode à cadeia, todos o contemplam a um metro, nem isso, de distância. Joana roça-lhe a manga do paletó, sujo de terra. Está sentado, mudo. Na casa de Neco, em frente à ponte, luzes se armam em velório, e a escada é toda sonora de botas e botinas rinchando.

Agora o palco ficou vazio para caber a forma baia e ondulante que progride, esmagando palavras. Da montaria de Neco pendem as caçambas de Neco. Vai pisar em mim. Afastou-se, no trote deserto.

SERIA REMORSO

por me consagrar ao espetáculo quando já o sabia morto? Não, que o espetáculo é grande, e seduzia para além da ordem moral. E nossos ramos de família nem se davam. Pena de perdê-lo, nutrida de alguma velha lembrança particular, que floresce mesmo entre clãs adversários? Pena comum, que toda morte violenta faz germinar? Nem isso. Mas o ventre vazado, como se fosse eu que o vazasse, eu menino, desarmado. Intestinos de Neco, emaranhados, insolentes, à vista de estranhos. Vede o interior de um homem, a sede da cólera; aqui os prazeres criaram raiz, e o que é obscuro em nosso olhar encontra explicação.

E TUDO

se desvenda: sou responsável pela morte de Neco e pelo crime de Augusto, pelo cavalo que foge e pelo coro de viúvas pranteando. Não posso representar mais; por todo o sempre e antes do nunca sou responsável, responsável, responsável, responsável. Como as pedras são responsáveis, e os anjos, principalmente os anjos, são responsáveis.

ESTAMPAS DE VILA RICA

I. CARMO

Não calques o jardim
nem assustes o pássaro.
Um e outro pertencem
aos mortos do Carmo.

Não bebas nesta fonte
nem toques nos altares.
Todas estas são prendas
dos mortos do Carmo.

Quer nos azulejos
ou no ouro da talha,
olha: o que está vivo
são mortos do Carmo.

II. SÃO FRANCISCO DE ASSIS

Senhor, não mereço isto.
Não creio em vós para vos amar.
Trouxestes-me a São Francisco
e me fazeis vosso escravo.

Não entrarei, Senhor, no templo,
seu frontispício me basta.
Vossas flores e querubins
são matéria de muito amar.

Dai-me, Senhor, a só beleza
destes ornatos. E não a alma.
Pressente-se dor de homem,
paralela à das cinco chagas.

Mas entro e, Senhor, me perco
na rósea nave triunfal.
Por que tanto baixar o céu?
Por que esta nova cilada?

Senhor, os púlpitos mudos
entretanto me sorriem.
Mais que vossa igreja, esta
sabe a voz de me embalar.

Perdão, Senhor, por não amar-vos.

III. MERCÊS DE CIMA

Pequena prostituta em frente a Mercês de Cima.
Dádiva de corpo na tarde cristã.
Anjos caídos da portada
e nenhum Aleijadinho para recolhê-los.

IV. HOTEL TOFFOLO

E vieram dizer-nos que não havia jantar.
Como se não houvesse outras fomes
e outros alimentos.

Como se a cidade não nos servisse o seu pão
de nuvens.

Não, hoteleiro, nosso repasto é interior,
e só pretendemos a mesa.
Comeríamos a mesa, se no-lo ordenassem as Escrituras.
Tudo se come, tudo se comunica,
tudo, no coração, é ceia.

V. MUSEU DA INCONFIDÊNCIA

São palavras no chão
e memória nos autos.
As casas inda restam,
os amores, mais não.

E restam poucas roupas,
sobrepeliz de pároco,
a vara de um juiz,
anjos, púrpuras, ecos.

Macia flor de olvido,
sem aroma governas
o tempo ingovernável.
Muros pranteiam. Só.

Toda história é remorso.

PRECE DE MINEIRO NO RIO

Espírito de Minas, me visita,
e sobre a confusão desta cidade,
onde voz e buzina se confundem,
lança teu claro raio ordenador.
Conserva em mim ao menos a metade
do que fui de nascença e a vida esgarça:
não quero ser um móvel num imóvel,
quero firme e discreto o meu amor,
meu gesto seja sempre natural,
mesmo brusco ou pesado, e só me punja
a saudade da pátria imaginária.
Essa mesma, não muito. Balançando
entre o real e o irreal, quero viver
como é de tua essência e nos segredas,
capaz de dedicar-me em corpo e alma,
sem apego servil ainda o mais brando.
Por vezes, emudeces. Não te sinto
a soprar da azulada serrania
onde galopam sombras e memórias
de gente que, de humilde, era orgulhosa
e fazia da crosta mineral
um solo humano em seu despojamento.
Outras vezes te invocam, mas negando-te,
como se colhe e se espezinha a rosa.
Os que zombam de ti não te conhecem
a força com que, esquivo, te retrais

e mais límpido quedas, como ausente,
quanto mais te penetra a realidade.
Desprendido de imagens que se rompem
a um capricho dos deuses, tu regressas
ao que, fora do tempo, é tempo infindo,
no secreto semblante da verdade.
Espírito mineiro, circunspecto
talvez, mas encerrando uma partícula
de fogo embriagador, que lavra súbito,
e, se cabe, a ser doidos nos inclinas:
não me fujas no Rio de Janeiro,
como a nuvem se afasta e a ave se alonga,
mas abre um portulano ante meus olhos
que a teu profundo mar conduza, Minas,
Minas além do som. Minas Gerais.

A FAMÍLIA QUE ME DEI

RETRATO DE FAMÍLIA

Este retrato de família
está um tanto empoeirado.
Já não se vê no rosto do pai
quanto dinheiro ele ganhou.

Nas mãos dos tios não se percebem
as viagens que ambos fizeram.
A avó ficou lisa, amarela,
sem memórias da monarquia.

Os meninos, como estão mudados.
O rosto de Pedro é tranquilo,
usou os melhores sonhos.
E João não é mais mentiroso.

O jardim tornou-se fantástico.
As flores são placas cinzentas.
E a areia, sob pés extintos,
é um oceano de névoa.

No semicírculo das cadeiras
nota-se certo movimento.
As crianças trocam de lugar,
mas sem barulho: é um retrato.

Vinte anos é um grande tempo.
Modela qualquer imagem.

Se uma figura vai murchando,
outra, sorrindo, se propõe.

Esses estranhos assentados,
meus parentes? Não acredito.
São visitas se divertindo
numa sala que se abre pouco.

Ficaram traços da família
perdidos no jeito dos corpos.
Bastante para sugerir
que um corpo é cheio de surpresas.

A moldura deste retrato
em vão prende suas personagens.
Estão ali voluntariamente,
saberiam – se preciso – voar.

Poderiam sutilizar-se
no claro-escuro do salão,
ir morar no fundo dos móveis
ou no bolso de velhos coletes.

A casa tem muitas gavetas
e papéis, escadas compridas.
Quem sabe a malícia das coisas,
quando a matéria se aborrece?

O retrato não me responde,
ele me fita e se contempla
nos meus olhos empoeirados.
E no cristal se multiplicam

os parentes mortos e vivos.
Já não distingo os que se foram
dos que restaram. Percebo apenas
a estranha ideia de família

viajando através da carne.

OS BENS E O SANGUE

I

Às duas horas da tarde deste nove de agosto de 1847
nesta fazenda do Tanque e em dez outras casas de rei, q não de valete,
em Itabira Ferros Guanhães Cocais Joanésia Capão
diante do estrume em q se movem nossos escravos, e da viração
perfumada dos cafezais q trança na palma dos coqueiros
fiéis servidores de nossa paisagem e de nossos fins primeiros,
deliberamos vender, como de fato vendemos, cedendo posse jus e
            [domínio
e abrangendo desde os engenhos de secar areia até o ouro mais fino,
nossas lavras mto nossas por herança de nossos pais e sogros bem-
            [-amados
q dormem na paz de Deus entre santas e santos martirizados.
Por isso neste papel azul Bath escrevemos com a nossa melhor letra
estes nomes q em qualquer tempo desafiarão tramoia trapaça e treta:

   ESMERIL   *PISSARRÃO*

   CANDONGA   *CONCEIÇÃO*

E tudo damos por vendido ao compadre e nosso amigo o snr
        [Raimundo Procópio
e a d. Maria Narcisa sua mulher, e o q não for vendido, por alborque
de nossa mão passará, e trocaremos lavras por matas,
lavras por títulos, lavras por mulas, lavras por mulatas e arriatas,
q trocar é nosso fraco e lucrar é nosso forte. Mas fique esclarecido:
somos levados menos por gosto do sempre negócio q no sentido

de nossa remota descendência ainda mal debuxada no longe dos
[serros.
De nossa mente lavamos o ouro como de nossa alma um dia os erros
se lavarão na pia da penitência. E filhos netos bisnetos
tataranetos despojados dos bens mais sólidos e rutilantes portanto
[os mais completos
irão tomando a pouco e pouco desapego de toda fortuna
e concentrando seu fervor numa riqueza só, abstrata e una.

LAVRA DA PACIÊNCIA

LAVRINHA DE CUBAS

ITABIRUÇU

II

Mais que todos deserdamos
deste nosso oblíquo modo
um menino inda não nado
(e melhor não fora nado)
que de nada lhe daremos
sua parte de nonada
e que nada, porém nada
o há de ter desenganado.

E nossa rica fazenda
já presto se desfazendo
vai-se em sal cristalizando
na porta de sua casa
ou até na ponta da asa
de seu nariz fino e frágil,
de sua alma fina e frágil,
de sua certeza frágil
frágil frágil frágil frágil

mas que por frágil é ágil,
e na sua mala-sorte
se rirá ele da morte.

III

Este figura em nosso
pensamento secreto.
Num magoado alvoroço
o queremos marcado
a nos negar; depois
de sua negação
nos buscará. Em tudo
será pelo contrário
seu fado extra-ordinário.
Vergonha da família
que de nobre se humilha
na sua malincônica
tristura meio cômica,
dulciamara nux-vômica.

IV

Este hemos por bem
reduzir à simples
condição ninguém.
Não lavrará campo.
Tirará sustento
de algum mel nojento.
Há de ser violento
sem ter movimento.
Sofrerá tormenta
no melhor momento.

Não se sujeitando
a um poder celeste
ei-lo senão quando
de nudez se veste,
roga à escuridão
abrir-se em clarão.
Este será tonto
e amará no vinho
um novo equilíbrio
e seu passo tíbio
sairá na cola
de nenhum caminho.

V

— Não judie com o menino,
  compadre.
— Não torça tanto o pepino,
  major.
— Assim vai crescer mofino,
  sinhô!

— Pedimos pelo menino porque pedir é nosso destino.
Pedimos pelo menino porque vamos acalentá-lo.
Pedimos pelo menino porque já se ouve planger o sino
do tombo que ele levar quando monte a cavalo.

— Vai cair do cavalo
de cabeça no valo.
Vai ter catapora
amarelão e gálico
vai errar o caminho
vai quebrar o pescoço

vai deitar-se no espinho
fazer tanta besteira
e dar tanto desgosto
que nem a vida inteira
dava para contar.
E vai muito chorar.
(A praga que te rogo
para teu bem será.)

VI

Os urubus no telhado:

E virá a companhia inglesa e por sua vez comprará tudo
e por sua vez perderá tudo e tudo volverá a nada
e secado o ouro escorrerá ferro, e secos morros de ferro
taparão o vale sinistro onde não mais haverá privilégios,
e se irão os últimos escravos, e virão os primeiros camaradas;
e a besta Belisa renderá os arrogantes corcéis da monarquia,
e a vaca Belisa dará leite no curral vazio para o menino doentio,
e o menino crescerá sombrio, e os antepassados no cemitério
se rirão se rirão porque os mortos não choram.

VII

Ó monstros lajos e andridos que me perseguis com vossas barganhas
sobre meu berço imaturo e de minhas minas me expulsais.
Os parentes que eu amo expiraram solteiros.
Os parentes que eu tenho não circulam em mim.
Meu sangue é dos que não negociaram, minha alma é dos pretos,
minha carne dos palhaços, minha fome das nuvens,
e não tenho outro amor a não ser o dos doidos.

Onde estás, capitão, onde estás, João Francisco,
do alto de tua serra eu te sinto sozinho
e sem filhos e netos interrompes a linha
que veio dar a mim neste chão esgotado.
Salva-me, capitão, de um passado voraz.
Livra-me, capitão, da conjura dos mortos.
Inclui-me entre os que não são, sendo filhos de ti.
E no fundo da mina, ó capitão, me esconde.

VIII

— Ó meu, ó nosso filho de cem anos depois,
que não sabes viver nem conheces os bois
pelos seus nomes tradicionais... nem suas cores
marcadas em padrões eternos desde o Egito.
Ó filho pobre, e descorçoado, e finito,
ó inapto para as cavalhadas e os trabalhos brutais
com a faca, o formão, o couro... Ó tal como quiséramos
para tristeza nossa e consumação das eras,
para o fim de tudo que foi grande!
                                        Ó desejado,
ó poeta de uma poesia que se furta e se expande
à maneira de um lago de pez e resíduos letais...
És nosso fim natural e somos teu adubo,
tua explicação e tua mais singela virtude...
Pois carecia que um de nós nos recusasse
para melhor servir-nos. Face a face
te contemplamos, e é teu esse primeiro
e úmido beijo em nossa boca de barro e de sarro.

INFÂNCIA

A Abgar Renault

Meu pai montava a cavalo, ia para o campo.
Minha mãe ficava sentada cosendo.
Meu irmão pequeno dormia.
Eu sozinho menino entre mangueiras
lia a história de Robinson Crusoé,
comprida história que não acaba mais.

No meio-dia branco de luz uma voz que aprendeu
a ninar nos longes da senzala – e nunca se esqueceu
chamava para o café.
Café preto que nem a preta velha
café gostoso
café bom.

Minha mãe ficava sentada cosendo
olhando para mim:
— Psiu... Não acorde o menino.
Para o berço onde pousou um mosquito.
E dava um suspiro... que fundo!

Lá longe meu pai campeava
no mato sem fim da fazenda.

E eu não sabia que minha história
era mais bonita que a de Robinson Crusoé.

VIAGEM NA FAMÍLIA

A Rodrigo M. F. de Andrade

No deserto de Itabira
a sombra de meu pai
tomou-me pela mão.
Tanto tempo perdido.
Porém nada dizia.
Não era dia nem noite.
Suspiro? Voo de pássaro?
Porém nada dizia.

Longamente caminhamos.
Aqui havia uma casa.
A montanha era maior.
Tantos mortos amontoados,
o tempo roendo os mortos.
E nas casas em ruína,
desprezo frio, umidade.
Porém nada dizia.

A rua que atravessava
a cavalo, de galope.
Seu relógio. Sua roupa.
Seus papéis de circunstância.
Suas histórias de amor.
Há um abrir de baús
e de lembranças violentas.
Porém nada dizia.

No deserto de Itabira
as coisas voltam a existir,
irrespiráveis e súbitas.
O mercado de desejos
expõe seus tristes tesouros:
meu anseio de fugir;
mulheres nuas; remorso.
Porém nada dizia.

Pisando livros e cartas,
viajamos na família.
Casamentos; hipotecas;
os primos tuberculosos;
a tia louca; minha avó
traída com as escravas,
rangendo sedas na alcova.
Porém nada dizia.

Que cruel, obscuro instinto
movia sua mão pálida
sutilmente nos empurrando
pelo tempo e pelos lugares
defendidos?

Olhei-o nos olhos brancos.
Gritei-lhe: Fala! Minha voz
vibrou no ar um momento,
bateu nas pedras. A sombra
prosseguia devagar
aquela viagem patética
através do reino perdido.
Porém nada dizia.

Vi mágoa, incompreensão
e mais de uma velha revolta
a dividir-nos no escuro.
A mão que eu não quis beijar,
o prato que me negaram,
recusa em pedir perdão.
Orgulho. Terror noturno.
Porém nada dizia.

Fala fala fala fala.
Puxava pelo casaco
que se desfazia em barro.
Pelas mãos, pelas botinas
prendia a sombra severa
e a sombra se desprendia
sem fuga nem reação.
Porém ficava calada.

E eram distintos silêncios
que se entranhavam no seu.
Era meu avô já surdo
querendo escutar as aves
pintadas no céu da igreja;
a minha falta de amigos;
a sua falta de beijos;
eram nossas difíceis vidas
e uma grande separação
na pequena área do quarto.

A pequena área da vida
me aperta contra o seu vulto,
e nesse abraço diáfano
é como se eu me queimasse

todo, de pungente amor.
Só hoje nos conhecermos!
Óculos, memórias, retratos
fluem no rio do sangue.
As águas já não permitem
distinguir seu rosto longe,
para lá de setenta anos...

Senti que me perdoava
porém nada dizia.

As águas cobrem o bigode,
a família, Itabira, tudo.

CONVÍVIO

Cada dia que passa incorporo mais esta verdade, de que eles não
[vivem senão em nós
e por isso vivem tão pouco; tão intervalado; tão débil.
Fora de nós é que talvez deixaram de viver, para o que se chama
[tempo.
E essa eternidade negativa não nos desola.
Pouco e mal que eles vivam, dentro de nós, é vida não obstante.
E já não enfrentamos a morte, de sempre trazê-la conosco.

Mas, como estão longe, ao mesmo tempo que nossos atuais habitantes
e nossos hóspedes e nossos tecidos e a circulação nossa!
A mais tênue forma exterior nos atinge.
O próximo existe. O pássaro existe.
E eles também existem, mas que oblíquos! e mesmo sorrindo,
[que disfarçados...

Há que renunciar a toda procura.
Não os encontraríamos, ao encontrá-los.
Ter e não ter em nós um vaso sagrado,
um depósito, uma presença contínua,
esta é nossa condição, enquanto,
sem condição, transitamos
e julgamos amar
e calamo-nos.

Ou talvez existamos somente neles, que são omissos, e nossa
[existência,
apenas uma forma impura de silêncio, que preferiram.

PERGUNTAS

Numa incerta hora fria
perguntei ao fantasma
que força nos prendia,
ele a mim, que presumo
estar livre de tudo,
eu a ele, gasoso,
todavia palpável
na sombra que projeta
sobre meu ser inteiro:
um ao outro, cativos
desse mesmo princípio
ou desse mesmo enigma
que distrai ou concentra
e renova e matiza,
prolongando-a no espaço,
uma angústia do tempo.

Perguntei-lhe em seguida
o segredo de nosso
convívio sem contato,
de estarmos ali quedos,
eu em face do espelho,
e o espelho devolvendo
uma diversa imagem,
mas sempre evocativa
do primeiro retrato

que compõe de si mesma
a alma predestinada
a um tipo de aventura
terrestre, cotidiana.

Perguntei-lhe depois
por que tanto insistia
nos mares mais exíguos
em distribuir navios
desse calado irreal,
sem rota ou pensamento
de atingir qualquer porto,
propícios a naufrágio
mais que a navegação;
nos frios alcantis
de meu serro natal,
desde muito derruído,
em acordar memórias
de vaqueiros e vozes,
magras reses, caminhos
onde a bosta de vaca
é único ornamento,
e o coqueiro-de-espinho
desolado se alteia.

Perguntei-lhe por fim
a razão sem razão
de me inclinar aflito
sobre restos de restos,
de onde nenhum alento
vem refrescar a febre
deste repensamento;
sobre esse chão de ruínas

imóveis, militares
na sua rigidez
que o orvalho matutino
já não banha ou conforta.

No voo que desfere,
silente e melancólico,
rumo da eternidade,
ele apenas responde
(se acaso é responder
a mistérios, somar-lhes
um mistério mais alto):

Amar, depois de perder.

CARTA

Bem quisera escrevê-la
com palavras sabidas,
as mesmas, triviais,
embora estremecessem
a um toque de paixão.
Perfurando os obscuros
canais de argila e sombra,
ela iria contando
que vou bem, e amo sempre
e amo cada vez mais
a essa minha maneira
torcida e reticente,
e espero uma resposta,
mas que não tarde; e peço
um objeto minúsculo
só para dar prazer
a quem pode ofertá-lo;
diria ela do tempo
que faz do nosso lado;
as chuvas já secaram,
as crianças estudam,
uma última invenção
(inda não é perfeita)
faz ler nos corações,
mas todos esperamos
rever-nos bem depressa.

Muito depressa, não.
Vai-se tornando o tempo
estranhamente longo
à medida que encurta.
O que ontem disparava,
desbordado alazão,
hoje se paralisa
em esfinge de mármore,
e até o sono, o sono
que era grato e era absurdo
é um dormir acordado
numa planície grave.
Rápido é o sonho, apenas,
que se vai, de mandar
notícias amorosas
quando não há amor
a dar ou receber;
quando só há lembrança,
ainda menos, pó,
menos ainda, nada,
nada de nada em tudo,
em mim mais do que em tudo,
e não vale acordar
quem acaso repouse
na colina sem árvores.
Contudo, esta é uma carta.

A MESA

E não gostavas de festa...
Ó velho, que festa grande
hoje te faria a gente.
E teus filhos que não bebem
e o que gosta de beber,
em torno da mesa larga,
largavam as tristes dietas,
esqueciam seus fricotes,
e tudo era farra honesta
acabando em confidência.
Ai, velho, ouvirias coisas
de arrepiar teus noventa.
E daí, não te assustávamos,
porque, com riso na boca,
e a nédia galinha, o vinho
português de boa pinta,
e mais o que alguém faria
de mil coisas naturais
e fartamente poria
em mil terrinas da China,
já logo te insinuávamos
que era tudo brincadeira.
Pois sim. Teu olho cansado,
mas afeito a ler no campo
uma lonjura de léguas,
e na lonjura uma rês

perdida no azul azul,
entrava-nos alma adentro
e via essa lama podre
e com pesar nos fitava
e com ira amaldiçoava
e com doçura perdoava
(perdoar é rito de pais,
quando não seja de amantes).
E, pois, todo nos perdoando,
por dentro te regalavas
de ter filhos assim... Puxa,
grandessíssimos safados,
me saíram bem melhor
que as encomendas. De resto,
filho de peixe... Calavas,
com agudo sobrecenho
interrogavas em ti
uma lembrança saudosa
e não de todo remota
e rindo por dentro e vendo
que lançaras uma ponte
dos passos loucos do avô
à incontinência dos netos,
sabendo que toda carne
aspira à degradação,
mas numa via de fogo
e sob um arco sexual,
tossias. Hem, hem, meninos,
não sejam bobos. Meninos?
Uns marmanjos cinquentões,
calvos, vividos, usados,
mas resguardando no peito
essa alvura de garoto,

101

essa fuga para o mato,
essa gula defendida
e o desejo muito simples
de pedir à mãe que cosa,
mais do que nossa camisa,
nossa alma frouxa, rasgada...
Ai, grande jantar mineiro
que seria esse... Comíamos,
e comer abria fome,
e comida era pretexto.
E nem mesmo precisávamos
ter apetite, que as coisas
deixavam-se espostejar,
e amanhã é que eram elas.
Nunca desdenhe o tutu.
Vá lá mais um torresminho.
E quanto ao peru? Farofa
há de ser acompanhada
de uma boa cachacinha,
não desfazendo em cerveja,
essa grande camarada.
Ind'outro dia... Comer
guarda tamanha importância
que só o prato revele
o melhor, o mais humano
dos seres em sua treva?
Beber é pois tão sagrado
que só bebido meu mano
me desata seu queixume,
abrindo-me sua palma?
Sorver, papar: que comida
mais cheirosa, mais profunda
no seu tronco luso-árabe,

e que bebida mais santa
que a todos nos une em um
tal centímano glutão,
parlapatão e bonzão!
E nem falta a irmã que foi
mais cedo que os outros e era
rosa de nome e nascera
em dia tal como o de hoje
para enfeitar tua data.
Seu nome sabe a camélia,
e sendo uma rosa-amélia,
flor muito mais delicada
que qualquer das rosas-rosa,
viveu bem mais do que o nome,
porém no íntimo claustrava
a rosa esparsa. A teu lado,
vê: recobrou-se-lhe o viço.
Aqui sentou-se o mais velho.
Tipo do manso, do sonso,
não servia para padre,
amava casos bandalhos;
depois o tempo fez dele
o que faz de qualquer um;
e à medida que envelhece,
vai estranhamente sendo
retrato teu sem ser tu,
de sorte que se o diviso
de repente, sem anúncio,
és tu que me reapareces
noutro velho de sessenta.
Este outro aqui é doutor,
o bacharel da família,
mas suas letras mais doutas

são as escritas no sangue,
ou sobre a casca das árvores.
Sabe o nome da florzinha
e não esquece o da fruta
mais rara que se prepara
num casamento genético.
Mora nele a nostalgia,
citadino, do ar agreste,
e, camponês, do letrado.
Então vira patriarca.
Mais adiante vês aquele
que de ti herdou a dura
vontade, o duro estoicismo.
Mas, não quis te repetir.
Achou não valer a pena
reproduzir sobre a terra
o que a terra engolirá.
Amou. E ama. E amará.
Só não quer que seu amor
seja uma prisão de dois,
um contrato, entre bocejos
e quatro pés de chinelo.
Feroz a um breve contato,
à segunda vista, seco,
à terceira vista, lhano,
dir-se-ia que ele tem medo
de ser, fatalmente, humano.
Dir-se-ia que ele tem raiva,
mas que mel transcende a raiva,
e que sábios, ardilosos
recursos de se enganar
quanto a si mesmo: exercita
uma força que não sabe

chamar-se, apenas, bondade.
Esta calou-se. Não quis
manter com palavras novas
o colóquio subterrâneo
que num sussurro percorre
a gente mais desatada.
Calou-se, não te aborreças.
Se tanto assim a querias,
algo nela ainda te quer,
à maneira atravessada
que é própria de nosso jeito.
(Não ser feliz tudo explica.)
Bem sei como são penosos
esses lances de família,
e discutir neste instante
seria matar a festa,
matando-te – não se morre
uma só vez, nem de vez.
Restam sempre muitas vidas
para serem consumidas
na razão dos desencontros
de nosso sangue nos corpos
por onde vai dividido.
Ficam sempre muitas mortes
para serem longamente
reencarnadas noutro morto.
Mas estamos todos vivos.
E mais que vivos, alegres.
Estamos todos como éramos
antes de ser, e ninguém
dirá que ficou faltando
algum dos teus. Por exemplo:
ali ao canto da mesa,

não por humilde, talvez
por ser o rei dos vaidosos
e se pelar por incômodas
posições de tipo *gauche*,
ali me vês tu. Que tal?
Fica tranquilo: trabalho.
Afinal, a boa vida
ficou apenas: a vida
(e nem era assim tão boa
e nem se fez muito má).
Pois ele sou eu. Repara:
tenho todos os defeitos
que não farejei em ti,
e nem os tenho que tinhas,
quanto mais as qualidades.
Não importa: sou teu filho
com ser uma negativa
maneira de te afirmar.
Lá que brigamos, brigamos
opa! que não foi brinquedo,
mas os caminhos do amor,
só amor sabe trilhá-los.
Tão ralo prazer te dei,
nenhum, talvez... ou senão,
esperança de prazer,
é, pode ser que te desse
a neutra satisfação
de alguém sentir que seu filho,
de tão inútil, seria
sequer um sujeito ruim.
Não sou um sujeito ruim.
Descansa, se o suspeitavas,
mas não sou lá essas coisas.

Alguns afetos recortam
o meu coração chateado.
Se me chateio? demais.
Esse é meu mal. Não herdei
de ti essa balda. Bem,
não me olhes tão longo tempo,
que há muitos a ver ainda.
Há oito. E todos minúsculos,
todos frustrados. Que flora
mais triste fomos achar
para ornamento de mesa!
Qual nada. De tão remotos,
de tão puros e esquecidos
no chão que suga e transforma,
são anjos. Que luminosos!
que raios de amor radiam,
e em meio a vagos cristais
o cristal deles retine,
reverbera a própria sombra.
São anjos que se dignaram
participar do banquete,
alisar o tamborete,
viver vida de menino.
São anjos; e mal sabias
que um mortal devolve a Deus
algo de sua divina
substância aérea e sensível,
se tem um filho e se o perde.
Conta: quatorze na mesa.
Ou trinta? serão cinquenta,
que sei? se chegam mais outros,
uma carne cada dia
multiplicada, cruzada

a outras carnes de amor.
São cinquenta pecadores,
se pecado é ter nascido
e provar, entre pecados,
os que nos foram legados.
A procissão de teus netos,
alongando-se em bisnetos,
veio pedir tua bênção
e comer de teu jantar.
Repara um pouquinho nesta,
no queixo, no olhar, no gesto,
e na consciência profunda
e na graça menineira,
e dize, depois de tudo,
se não é, entre meus erros,
uma imprevista verdade.
Esta é minha explicação,
meu verso melhor ou único,
meu tudo enchendo meu nada.
Agora a mesa repleta
está maior do que a casa.
Falamos de boca cheia,
xingamo-nos mutuamente,
rimos, ai, de arrebentar,
esquecemos o respeito
terrível, inibidor,
e toda a alegria nossa,
ressecada em tantos negros
bródios comemorativos
(não convém lembrar agora),
os gestos acumulados
de efusão fraterna, atados
(não convém lembrar agora),

as fina-e-meigas palavras
que ditas naquele tempo
teriam mudado a vida
(não convém mudar agora),
vem tudo à mesa e se espalha
qual inédita vitualha.
Oh que ceia mais celeste
e que gozo mais do chão!
Quem preparou? que inconteste
vocação de sacrifício
pôs a mesa, teve os filhos?
quem se apagou? quem pagou
a pena deste trabalho?
quem foi a mão invisível
que traçou este arabesco
de flor em torno ao pudim,
como se traça uma auréola?
quem tem auréola? quem não
a tem, pois que, sendo de ouro,
cuida logo em reparti-la,
e se pensa melhor faz?
quem senta do lado esquerdo,
assim curvada? que branca,
mas que branca mais que branca
tarja de cabelos brancos
retira a cor das laranjas,
anula o pó do café,
cassa o brilho aos serafins?
quem é toda luz e é branca?
Decerto não pressentias
como o branco pode ser
uma tinta mais diversa
da mesma brancura... Alvura

elaborada na ausência
de ti, mas ficou perfeita,
concreta, fria, lunar.
Como pode nossa festa
ser de um só que não de dois?
Os dois ora estais reunidos
numa aliança bem maior
que o simples elo da terra.
Estais juntos nesta mesa
de madeira mais de lei
que qualquer lei da república.
Estais acima de nós,
acima deste jantar
para o qual vos convocamos
por muito – enfim – vos querermos
e, amando, nos iludirmos
junto da mesa
                              vazia.

SER

O filho que não fiz
hoje seria homem.
Ele corre na brisa,
sem carne, sem nome.

Às vezes o encontro
num encontro de nuvem.
Apoia em meu ombro
seu ombro nenhum.

Interrogo meu filho,
objeto de ar:
em que gruta ou concha
quedas abstrato?

Lá onde eu jazia,
responde-me o hálito,
não me percebeste,
contudo chamava-te

como ainda te chamo
(além, além do amor)
onde nada, tudo
aspira a criar-se.

O filho que não fiz
faz-se por si mesmo.

A LUIS MAURICIO, INFANTE

Acorda, Luis Mauricio. Vou te mostrar o mundo,
se é que não preferes vê-lo de teu reino profundo.

Despertando, Luis Mauricio, não chores mais que um tiquinho.
Se as crianças da América choram em coro, que seria, digamos, de
[teu vizinho?

Que seria de ti, Luis Mauricio, pranteando mais que o necessário?
Os olhos se inflamam depressa, e do mundo o espetáculo é vário

e pede ser visto e amado. É tão pouco, cinco sentidos.
Pois que sejam lépidos, Luis Mauricio, que sejam novos e comovidos.

E como há tempo para viver, Luis Mauricio, podes gastá-lo à janela
que dá para a *Justicia del Trabajo*, onde a imaginosa linha da hera

tenazmente compõe seu desenho, recobrindo o que é feio, formal e
[triste.
Sucede que chegou a primavera, menino, e o muro já não existe.

Admito que amo nos vegetais a carga de silêncio, Luis Mauricio.
Mas há que tentar o diálogo, quando a solidão é vício.

E agora, começa a crescer. Em poucas semanas um homem
se manifesta na boca, nos rins, na medalhinha do nome.

112

Já te vejo na proporção da cidade, nessa caminha em que dormes.
Dir-se-ia que só o anão de Harrods, hoje velho, entre garotos enormes,

conserva o disfarce da infância, como, na sua imobilidade,
à esquina de Córdoba e Florida, só aquele velho pendido e sentado,

de luvas e sobretudo, vê passar (é cego) o tempo que não enxergamos,
o tempo irreversível, o tempo estático, espaço vazio entre ramos.

O tempo — que fazer dele? Como adivinhar, Luis Mauricio,
o que cada hora traz em si de plenitude e sacrifício?

Hás de aprender o tempo, Luis Mauricio. E há de ser tua ciência
uma tão íntima conexão de ti mesmo e tua existência,

que ninguém suspeitará nada. E teu primeiro segredo
seja antes de alegria subterrânea que de soturno medo.

Aprenderás muitas leis, Luis Mauricio. Mas se as esqueceres depressa,
outras mais altas descobrirás, e é então que a vida começa,

e recomeça, e a todo instante é outra: tudo é distinto de tudo,
e anda o silêncio, e fala o nevoento horizonte; e sabe guiar-nos
[o mundo.

Pois a linguagem planta suas árvores no homem e quer vê-las cobertas
de folhas, de signos, de obscuros sentimentos, e avenidas desertas

são apenas as que vemos sem ver, há pelo menos formigas
atarefadas, e pedras felizes ao sol, e projetos de cantigas

que alguém um dia cantará, Luis Mauricio. Procura deslindar o canto.
Ou antes, não procures. Ele se oferecerá sob forma de pranto

113

ou de riso. E te acompanhará, Luis Mauricio. E as palavras serão servas
de estranha majestade. É tudo estranho. Medita, por exemplo, as ervas,

enquanto és pequeno e teu instinto, solerte, festivamente se aventura
até o âmago das coisas. A que veio, que pode, quanto dura

essa discreta forma verde, entre formas? E imagina ser pensado
pela erva que pensas. Imagina um elo, uma afeição surda, um passado

articulando os bichos e suas visões, o mundo e seus problemas;
imagina o rei com suas angústias, o pobre com seus diademas,

imagina uma ordem nova; ainda que uma nova desordem, não será
[bela?
Imagina tudo: o povo, com sua música; o passarinho, com sua donzela;

o namorado, com seu espelho mágico; a namorada, com seu mistério;
a casa, com seu calor próprio; a despedida, com seu rosto sério;

o físico, o viajante, o afiador de facas, o italiano das sortes e seu realejo;
o poeta, sempre meio complicado; o perfume nativo das coisas e seu
[arpejo;

o menino que é teu irmão, e sua estouvada ciência
de olhos líquidos e azuis, feita de maliciosa inocência,

que ora viaja enigmas extraordinários; por tua vez, a pesquisa
há de solicitar-te um dia, mensagem perturbadora na brisa.

É preciso criar de novo, Luis Mauricio. Reinventar nagôs e latinos,
e as mais severas inscrições, e quantos ensinamentos e os modelos
[mais finos,

114

de tal maneira a vida nos excede e temos de enfrentá-la com
[poderosos recursos.
Mas seja humilde tua valentia. Repara que há veludo nos ursos.

Inconformados e prisioneiros, em Palermo, eles procuram o outro
[lado,
e na sua faminta inquietação algo se liberta da jaula e seu quadrado.

Detém-te. A grande flor do hipopótamo brota da água – nenúfar!
E dos dejetos do rinoceronte se alimentam os pássaros. E o açúcar

que dás na palma da mão à língua terna do cão adoça todos os
[animais.
Repara que autênticos, que fiéis a um estatuto sereno, e como são
[naturais.

É meio-dia, Luis Mauricio, hora belíssima entre todas,
pois, unindo e separando os crepúsculos, à sua luz se consumam as
[bodas

do vivo com o que já viveu ou vai viver, e a seu puríssimo raio
entre repuxos, os *chicos* e as *palomas* confraternizam na *Plaza de Mayo*.

Aqui me despeço e tenho por plenamente ensinado o teu ofício,
que de ti mesmo e em púrpura o aprendeste ao nascer, meu netinho
[Luis Mauricio.

CANTAR DE AMIGOS

ODE NO CINQUENTENÁRIO DO POETA BRASILEIRO

Esse incessante morrer
que nos teus versos encontro
é tua vida, poeta,
e por ele te comunicas
com o mundo em que te esvais.

Debruço-me em teus poemas
e neles percebo as ilhas
em que nem tu nem nós habitamos
(ou jamais habitaremos!)
e nessas ilhas me banho
num sol que não é dos trópicos,
numa água que não é das fontes
mas que ambos refletem a imagem
de um mundo amoroso e patético.

Tua violenta ternura,
tua infinita polícia,
tua trágica existência
no entanto sem nenhum sulco
exterior – salvo tuas rugas,
tua gravidade simples,
a acidez e o carinho simples
que desbordam em teus retratos,
que capturo em teus poemas,
são razões por que te amamos
e por que nos fazes sofrer...

Certamente não sabias
que nos fazes sofrer.

É difícil de explicar
esse sofrimento seco,
sem qualquer lágrima de amor,
sentimento de homens juntos,
que se comunicam sem gesto
e sem palavras se invadem,
se aproximam, se compreendem
e se calam sem orgulho.

Não é o canto da andorinha, debruçada nos telhados da Lapa,
anunciando que tua vida passou à toa, à toa.
Não é o médico mandando exclusivamente tocar um tango argentino,
diante da escavação no pulmão esquerdo e do pulmão direito
[infiltrado.
Não são os carvoeirinhos raquíticos voltando encarapitados nos
[burros velhos.
Não são os mortos do Recife dormindo profundamente na noite.
Nem é tua vida, nem a vida do major veterano da guerra do Paraguai,
a de Bentinho Jararaca
ou a de Christina Georgina Rossetti:
és tu mesmo, é tua poesia,
tua pungente, inefável poesia,
ferindo as almas, sob a aparência balsâmica,
queimando as almas, fogo celeste, ao visitá-las;
é o fenômeno poético, de que te constituíste o misterioso portador
e que vem trazer-nos na aurora o sopro quente dos mundos, das
[amadas exuberantes e das situações exemplares que
[não suspeitávamos.

Por isto sofremos: pela mensagem que nos confias
entre ônibus, abafada pelo pregão dos jornais e mil queixas operárias;
essa insistente mas discreta mensagem
que, aos cinquenta anos, poeta, nos trazes;
e essa fidelidade a ti mesmo com que nos apareces
sem uma queixa, no rosto entretanto experiente,
mão firme estendida para o aperto fraterno
– o poeta acima da guerra e do ódio entre os homens –,
o poeta ainda capaz de amar Esmeralda embora a alma anoiteça,
o poeta melhor que nós todos, o poeta mais forte
– mas haverá lugar para a poesia?

Efetivamente o poeta Rimbaud fartou-se de escrever,
o poeta Maiakovski suicidou-se,
o poeta Schmidt abastece de água o Distrito Federal...
Em meio a palavras melancólicas,
ouve-se o surdo rumor de combates longínquos
(cada vez mais perto, mais, daqui a pouco dentro de nós).
E enquanto homens suspiram, combatem ou simplesmente ganham
[dinheiro,
ninguém percebe que o poeta faz cinquenta anos,
que o poeta permaneceu o mesmo, embora alguma coisa de
[extraordinário se houvesse passado,
alguma coisa encoberta de nós, que nem os olhos traíram nem as
[mãos apalparam,
susto, emoção, enternecimento,
desejo de dizer: Emanuel, disfarçado na meiguice elástica dos abraços,
e uma confiança maior no poeta e um pedido lancinante para que
[não nos deixe sozinhos nesta cidade
em que nos sentimos pequenos à espera dos maiores acontecimentos.

Que o poeta nos encaminhe e nos proteja
e que o seu canto confidencial ressoe para consolo de muitos e
[esperança de todos,
os delicados e os oprimidos, acima das profissões e dos vãos disfarces
[do homem.
Que o poeta Manuel Bandeira escute este apelo de um homem
[humilde.

MÁRIO DE ANDRADE DESCE AOS INFERNOS

I

Daqui a vinte anos farei teu poema
e te cantarei com tal suspiro
que as flores pasmarão, e as abelhas,
confundidas, esvairão seu mel.

Daqui a vinte anos: poderei
tanto esperar o preço da poesia?
É preciso tirar da boca urgente
o canto rápido, ziguezagueante, rouco,
feito da impureza do minuto
e de vozes em febre, que golpeiam
esta viola desatinada
no chão, no chão.

II

No chão me deito à maneira dos desesperados.

Estou escuro, estou rigorosamente noturno, estou vazio,
esqueço que sou um poeta, que não estou sozinho,
preciso aceitar e compor, minhas medidas partiram-se,
mas preciso, preciso, preciso.

Rastejando, entre cacos, me aproximo.
Não quero, mas preciso tocar pele de homem,
avaliar o frio, ver a cor, ver o silêncio,
conhecer um novo amigo e nele me derramar.

Porque é outro amigo. A explosiva descoberta
ainda me atordoa. Estou cego e vejo. Arranco os olhos e vejo.
Furo as paredes e vejo. Através do mar sanguíneo vejo.
Minucioso, implacável, sereno, pulverizado,
é outro amigo. São outros dentes. Outro sorriso.
Outra palavra, que goteja.

III

O meu amigo era tão
de tal modo extraordinário,
cabia numa só carta,
esperava-me na esquina,
e já um poste depois
ia descendo o Amazonas,
tinha coletes de música,
entre cantares de amigo
pairava na renda fina
dos Sete Saltos,
na serrania mineira,
no mangue, no seringal,
nos mais diversos brasis,
e para além dos brasis,
nas regiões inventadas,
países a que aspiramos,
fantásticos,
mas certos, inelutáveis,
terra de João invencível,
a rosa do povo aberta...

IV

A rosa do povo despetala-se,
ou ainda conserva o pudor da alva?
É um anúncio, um chamado, uma esperança embora frágil, pranto
                                  [infantil no berço?
Talvez apenas um ai de seresta, quem sabe.
Mas há um ouvido mais fino que escuta, um peito de artista que incha,
e uma rosa se abre, um segredo comunica-se, o poeta anunciou,
o poeta, nas trevas, anunciou.

Mais perto, e uma lâmpada. Mais perto, e quadros,
quadros. Portinari aqui esteve, deixou
sua garra. Aqui Cézanne e Picasso,
os primitivos, os cantadores, a gente de pé no chão,
a voz que vem do Nordeste, os fetiches, as religiões,
os bichos... Aqui tudo se acumulou,
esta é a Rua Lopes Chaves, 546,
outrora 108. Para aqui muitas vezes voou
meu pensamento. Daqui vinha a palavra
esperada na dúvida e no cacto.
Aqui nunca pisei. Mas como o chão
sabe a forma dos pés e é liso e beija!
Todas as brisas da saudade balançam a casa,
empurram a casa,
navio de São Paulo no céu nacional,
vai colhendo amigos de Minas e Rio Grande do Sul,
gente de Pernambuco e Pará, todos os apertos de mão,
todas as confidências a casa recolhe,
embala, pastoreia.
Os que entram e os que saem se cruzam na imensidão dos corredores,
paz nas escadas,
calma nos vidros,

e ela viaja como um lento pássaro, uma notícia postal, uma nuvem
[pejada.

Casas ancoradas saúdam-na fraternas:
Vai, amiga!
Não te vás, amiga...
(Um homem se dá no Brasil mas conserva-se intato,
preso a uma casa e dócil a seus companheiros
esparsos.)

Súbito a barba deixou de crescer. Telegramas
irrompem. Telefones
retinem. Silêncio
em Lopes Chaves.

Agora percebo que estamos amputados e frios.
Não tenho voz de queixa pessoal, não sou
um homem destroçado vagueando na praia.
Muitos procuram São Paulo no ar e se concentram,
aura secreta na respiração da cidade.
É um retrato, somente um retrato,
algo nos jornais, na lembrança,
o dia estragado como uma fruta,
um véu baixando, um ríctus
o desejo de não conversar. É sobretudo uma pausa oca
e além de todo vinagre.

Mas tua sombra robusta desprende-se e avança.
Desce o rio, penetra os túneis seculares
onde o amigo marcou seus traços funerários,
desliza na água salobra, e ficam tuas palavras
(superamos a morte, e a palma triunfa)
tuas palavras-carbúnculo e carinhosos diamantes.

VIAGEM DE AMÉRICO FACÓ

Sombra mantuana, o poeta se encaminha
ao inframundo deserto, onde a corola
noturna desenrola seu mistério
fatal mas transcendente: àqueles paços

tecidos de pavor e argila cândida,
onde o amor se completa, despojado
da cinza dos contatos. Desta margem,
diviso, que se esfuma, a esquiva barca,

e aceno-lhe: Gentil, gentil espírito,
sereno quanto forte, que me ensinas
a arte de bem morrer, fonte de vida,

uniste o raro ao raro, e compuseste
de humano desacorde, isento, puro,
teu cântico sensual, flauta e celeste.

CONHECIMENTO DE JORGE DE LIMA

Era a negra Fulô que nos chamava
de seu negro vergel. E eram trombetas,
salmos, carros de fogo, esses murmúrios
de Deus a seus eleitos, eram puras

canções de lavadeira ao pé da fonte,
era a fonte em si mesma, eram nostálgicas
emanações de infância e de futuro,
era um ai português desfeito em cana.

Era um fluir de essências e eram formas
além da cor terrestre e em volta ao homem,
era a invenção do amor no tempo atômico,

o consultório mítico e lunar
(poesia antes da luz e depois dela),
era Jorge de Lima e eram seus anjos.

128

A MÃO

Entre o cafezal e o sonho
o garoto pinta uma estrela dourada
na parede da capela,
e nada mais resiste à mão pintora.
A mão cresce e pinta
o que não é para ser pintado mas sofrido.
A mão está sempre compondo
módul-murmurando
o que escapou à fadiga da Criação
e revê ensaios de formas
e corrige o oblíquo pelo aéreo
e semeia margaridinhas de bem-querer no baú dos vencidos.
A mão cresce mais e faz
do mundo-como-se-repete o mundo que telequeremos.
A mão sabe a cor da cor
e com ela veste o nu e o invisível.
Tudo tem explicação porque tudo tem (nova) cor.
Tudo existe porque pintado à feição de laranja mágica
não para aplacar a sede dos companheiros,
principalmente para aguçá-la
até o limite do sentimento da terra domicílio do homem.

Entre o sonho e o cafezal
entre guerra e paz
entre mártires, ofendidos,
músicos, jangadas, pandorgas,

entre os roceiros mecanizados de Israel,
a memória de Giotto e o aroma primeiro do Brasil,
entre o amor e o ofício
eis que a mão decide:
Todos os meninos, ainda os mais desgraçados,
sejam vertiginosamente felizes
como feliz é o retrato
múltiplo verde-róseo em duas gerações
da criança que balança como flor no cosmo
e torna humilde, serviçal e doméstica a mão excedente
em seu poder de encantação.

Agora há uma verdade sem angústia
mesmo no estar-angustiado.
O que era dor é flor, conhecimento
plástico do mundo.
E por assim haver disposto o essencial,
deixando o resto aos doutores de Bizâncio,
bruscamente se cala
e voa para nunca-mais
a mão infinita
a mão-de-olhos-azuis de Candido Portinari.

A FEDERICO GARCÍA LORCA

Sobre teu corpo, que há dez anos
se vem transfundindo em cravos
de rubra cor espanhola,
aqui estou para depositar
vergonha e lágrimas.

Vergonha de há tanto tempo
viveres – se morte é vida –
sob chão onde esporas tinem
e calcam a mais fina grama
e o pensamento mais fino
de amor, de justiça e paz.

Lágrimas de noturno orvalho,
não de mágoa desiludida,
lágrimas que tão só destilam
desejo e ânsia e certeza
de que o dia amanhecerá.

(Amanhecerá.)

Esse claro dia espanhol,
composto na treva de hoje
sobre teu túmulo há de abrir-se,
mostrando gloriosamente
– ao canto multiplicado

de guitarra, gitano e galo –
que para sempre viverão

os poetas martirizados.

CANTO AO HOMEM DO POVO CHARLIE CHAPLIN

I

Era preciso que um poeta brasileiro,
não dos maiores, porém dos mais expostos à galhofa,
girando um pouco em tua atmosfera ou nela aspirando a viver
como na poética e essencial atmosfera dos sonhos lúcidos,

era preciso que esse pequeno cantor teimoso,
de ritmos elementares, vindo da cidadezinha do interior
onde nem sempre se usa gravata mas todos são extremamente polidos
e a opressão é detestada, se bem que o heroísmo se banhe em ironia,

era preciso que um antigo rapaz de vinte anos,
preso à tua pantomima por filamentos de ternura e riso, dispersos
                                                        [no tempo,
viesse recompô-los e, homem maduro, te visitasse
para dizer-te algumas coisas, sobcolor de poema.

Para dizer-te como os brasileiros te amam
e que nisso, como em tudo mais, nossa gente se parece
com qualquer gente do mundo – inclusive os pequenos judeus
de bengalinha e chapéu-coco, sapatos compridos, olhos melancólicos,

vagabundos que o mundo repeliu, mas zombam e vivem
nos filmes, nas ruas tortas com tabuletas: Fábrica, Barbeiro, Polícia,
e vencem a fome, iludem a brutalidade, prolongam o amor
como um segredo dito no ouvido de um homem do povo caído na rua.

Bem sei que o discurso, acalanto burguês, não te envaidece,
e costumas dormir enquanto os veementes inauguram estátua,
e entre tantas palavras que como carros percorrem as ruas,
só as mais humildes, de xingamento ou beijo, te penetram.

Não é a saudação dos devotos nem dos partidários que te ofereço,
eles não existem, mas a de homens comuns, numa cidade comum,
nem faço muita questão da matéria de meu canto ora em torno de ti
como um ramo de flores absurdas mandado por via postal ao inventor
                                                    [dos jardins.

Falam por mim os que estavam sujos de tristeza e feroz desgosto
                                                    [de tudo,
que entraram no cinema com a aflição de ratos fugindo da vida,
são duas horas de anestesia, ouçamos um pouco de música,
visitemos no escuro as imagens – e te descobriram e salvaram-se.

Falam por mim os abandonados da justiça, os simples de coração,
os párias, os falidos, os mutilados, os deficientes, os recalcados,
os oprimidos, os solitários, os indecisos, os líricos, os cismarentos,
os irresponsáveis, os pueris, os cariciosos, os loucos e os patéticos.

E falam as flores que tanto amas quando pisadas,
falam os tocos de vela, que comes na extrema penúria, falam a mesa,
                                                    [os botões,
os instrumentos do ofício e as mil coisas aparentemente fechadas,
cada troço, cada objeto do sótão, quanto mais obscuros mais falam.

II

A noite banha tua roupa.
Mal a disfarças no colete mosqueado,
no gelado peitilho de baile,

de um impossível baile sem orquídeas.
És condenado ao negro. Tuas calças
confundem-se com a treva. Teus sapatos
inchados, no escuro do beco,
são cogumelos noturnos. A quase cartola,
sol negro, cobre tudo isto, sem raios.
Assim, noturno cidadão de uma república
enlutada, surges a nossos olhos
pessimistas, que te inspecionam e meditam:
Eis o tenebroso, o viúvo, o inconsolado,
o corvo, o nunca-mais, o chegado muito tarde
a um mundo muito velho.

E a lua pousa
em teu rosto. Branco, de morte caiado,
que sepulcros evoca, mas que hastes
submarinas e álgidas e espelhos
e lírios que o tirano decepou, e faces
amortalhadas em farinha. O bigode
negro cresce em ti como um aviso
e logo se interrompe. É negro, curto,
espesso. Ó rosto branco, de lunar matéria,
face cortada em lençol, risco na parede,
caderno de infância, apenas imagem,
entretanto os olhos são profundos e a boca vem de longe,
sozinha, experiente, calada vem a boca
sorrir, aurora, para todos.

E já não sentimos a noite,
e a morte nos evita, e diminuímos
como se ao contato de tua bengala mágica voltássemos
ao país secreto onde dormem meninos.
Já não é o escritório de mil fichas,

nem a garagem, a universidade, o alarme,
é realmente a rua abolida, lojas repletas,
e vamos contigo arrebentar vidraças,
e vamos jogar o guarda no chão,
e na pessoa humana vamos redescobrir
aquele lugar – cuidado! – que atrai os pontapés: sentenças
de uma justiça não oficial.

III

Cheio de sugestões alimentícias, matas a fome
dos que não foram chamados à ceia celeste
ou industrial. Há ossos, há pudins
de gelatina e cereja e chocolate e nuvens
nas dobras de teu casaco. Estão guardados
para uma criança ou um cão. Pois bem conheces
a importância da comida, o gosto da carne,
o cheiro da sopa, a maciez amarela da batata,
e sabes a arte sutil de transformar em macarrão
o humilde cordão de teus sapatos.
Mais uma vez jantaste: a vida é boa.
Cabe um cigarro: e o tiras
da lata de sardinhas.

Não há muitos jantares no mundo, já sabias,
e os mais belos frangos
são protegidos em pratos chineses por vidros espessos.
Há sempre o vidro, e não se quebra,
há o aço, o amianto, a lei,
há milícias inteiras protegendo o frango,
e há uma fome que vem do Canadá, um vento,
uma voz glacial, um sopro de inverno, uma folha
baila indecisa e pousa em teu ombro: mensagem pálida

que mal decifras. Entre o frango e a fome,
o cristal infrangível. Entre a mão e a fome,
os valos da lei, as léguas. Então te transformas
tu mesmo no grande frango assado que flutua
sobre todas as fomes, no ar; frango de ouro
e chama, comida geral
para o dia geral, que tarda.

IV

O próprio ano novo tarda. E com ele as amadas.
No festim solitário teus dons se aguçam.
És espiritual e dançarino e fluido,
mas ninguém virá aqui saber como amas
com fervor de diamante e delicadeza de alva,
como, por tua mão, a cabana se faz lua.
Mundo de neve e sal, de gramofones roucos
urrando longe o gozo de que não participas.
Mundo fechado, que aprisiona as amadas
e todo desejo, na noite, de comunicação.
Teu palácio se esvai, lambe-te o sono,
ninguém te quis, todos possuem,
tudo buscaste dar, não te tomaram.

Então caminhas no gelo e rondas o grito.
Mas não tens gula de festa, nem orgulho
nem ferida nem raiva nem malícia.
És o próprio ano-bom, que te deténs. A casa passa
correndo, os copos voam,
os corpos saltam rápido, as amadas
te procuram na noite... e não te veem,
tu pequeno,
tu simples, tu qualquer.

Ser tão sozinho em meio a tantos ombros,
andar aos mil num corpo só, franzino,
e ter braços enormes sobre as casas,
ter um pé em Guerrero e outro no Texas,
falar assim a chinês, a maranhense,
a russo, a negro: ser um só, de todos,
sem palavra, sem filtro,
sem opala:
há uma cidade em ti, que não sabemos.

V

Uma cega te ama. Os olhos abrem-se.
Não, não te ama. Um rico, em álcool,
é teu amigo e lúcido repele
tua riqueza. A confusão é nossa, que esquecemos
o que há de água, de sopro e de inocência
no fundo de cada um de nós, terrestres. Mas, ó mitos
que cultuamos, falsos: flores pardas,
anjos desleais, cofres redondos, arquejos
poéticos acadêmicos; convenções
do branco, azul e roxo; maquinismos,
telegramas em série, e fábricas e fábricas
e fábricas de lâmpadas, proibições, auroras.
Ficaste apenas um operário
comandado pela voz colérica do megafone.
És parafuso, gesto, esgar.
Recolho teus pedaços: ainda vibram,
lagarto mutilado.

Colo teus pedaços. Unidade
estranha é a tua, em mundo assim pulverizado.
E nós, que a cada passo nos cobrimos

e nos despimos e nos mascaramos,
mal retemos em ti o mesmo homem,

aprendiz

bombeiro

caixeiro

doceiro

emigrante

forçado

maquinista

noivo

patinador

soldado

músico

peregrino

artista de circo

marquês

marinheiro

carregador de piano

apenas sempre entretanto tu mesmo,
o que não está de acordo e é meigo,
o incapaz de propriedade, o pé
errante, a estrada
fugindo, o amigo
que desejaríamos reter
na chuva, no espelho, na memória
e todavia perdemos.

VI

Já não penso em ti. Penso no ofício
a que te entregas. Estranho relojoeiro,
cheiras a peça desmontada: as molas unem-se,
o tempo anda. És vidraceiro.

Varres a rua. Não importa
que o desejo de partir te roa; e a esquina
faça de ti outro homem; e a lógica
te afaste de seus frios privilégios.

Há o trabalho em ti, mas caprichoso,
mas benigno,
e dele surgem artes não burguesas,
produtos de ar e lágrimas, indumentos
que nos dão asa ou pétalas, e trens
e navios sem aço, onde os amigos
fazendo roda viajam pelo tempo,
livros se animam, quadros se conversam,
e tudo libertado se resolve
numa efusão de amor sem paga, e riso, e sol.

O ofício, é o ofício
que assim te põe no meio de nós todos,
vagabundo entre dois horários; mão sabida
no bater, no cortar, no fiar, no rebocar,
o pé insiste em levar-te pelo mundo,
a mão pega a ferramenta: é uma navalha,
e ao compasso de Brahms fazes a barba
neste salão desmemoriado no centro do mundo oprimido
onde ao fim de tanto silêncio e oco te recobramos.

Foi bom que te calasses.
Meditavas na sombra das chaves,
das correntes, das roupas riscadas, das cercas de arame,
juntavas palavras duras, pedras, cimento, bombas, invectivas,
anotavas com lápis secreto a morte de mil, a boca sangrenta
de mil, os braços cruzados de mil.
E nada dizias. E um bolo, um engulho

140

formando-se. E as palavras subindo.
Ó palavras desmoralizadas, entretanto salvas, ditas de novo.
Poder da voz humana inventando novos vocábulos e dando sopro
[aos exaustos.
Dignidade da boca, aberta em ira justa e amor profundo,
crispação do ser humano, árvore irritada, contra a miséria e a fúria
[dos ditadores,
ó Carlito, meu e nosso amigo, teus sapatos e teu bigode caminham
[numa estrada de pó e esperança.

NA PRAÇA DE CONVITES

CORAÇÃO NUMEROSO

Foi no Rio.
Eu passava na Avenida quase meia-noite.
Bicos de seio batiam nos bicos de luz estrelas inumeráveis.
Havia a promessa do mar
e bondes tilintavam,
abafando o calor
que soprava no vento
e o vento vinha de Minas.

Meus paralíticos sonhos desgosto de viver
(a vida para mim é vontade de morrer)
faziam de mim homem-realejo imperturbavelmente
na Galeria Cruzeiro quente quente
e como não conhecia ninguém a não ser o doce vento mineiro,
nenhuma vontade de beber, eu disse: Acabemos com isso.

Mas tremia na cidade uma fascinação casas compridas
autos abertos correndo caminho do mar
voluptuosidade errante do calor
mil presentes da vida aos homens indiferentes,
que meu coração bateu forte, meus olhos inúteis choraram.

O mar batia em meu peito, já não batia no cais.
A rua acabou, quede as árvores? a cidade sou eu
a cidade sou eu
sou eu a cidade
meu amor.

SENTIMENTO DO MUNDO

Tenho apenas duas mãos
e o sentimento do mundo,
mas estou cheio de escravos,
minhas lembranças escorrem
e o corpo transige
na confluência do amor.

Quando me levantar, o céu
estará morto e saqueado,
eu mesmo estarei morto,
morto meu desejo, morto
o pântano sem acordes.

Os camaradas não disseram
que havia uma guerra
e era necessário
trazer fogo e alimento.
Sinto-me disperso,
anterior a fronteiras,
humildemente vos peço
que me perdoeis.

Quando os corpos passarem,
eu ficarei sozinho
desfiando a recordação
do sineiro, da viúva e do microscopista

que habitavam a barraca
e não foram encontrados
ao amanhecer

esse amanhecer
mais noite que a noite.

LEMBRANÇA DO MUNDO ANTIGO

Clara passeava no jardim com as crianças.
O céu era verde sobre o gramado,
a água era dourada sob as pontes,
outros elementos eram azuis, róseos, alaranjados,
o guarda-civil sorria, passavam bicicletas,
a menina pisou a relva para pegar um pássaro,
o mundo inteiro, a Alemanha, a China, tudo era tranquilo em redor
[de Clara.

As crianças olhavam para o céu: não era proibido.
A boca, o nariz, os olhos estavam abertos. Não havia perigo.
Os perigos que Clara temia eram a gripe, o calor, os insetos.
Clara tinha medo de perder o bonde das 11 horas,
esperava cartas que custavam a chegar,
nem sempre podia usar vestido novo. Mas passeava no jardim, pela
[manhã!!!
Havia jardins, havia manhãs naquele tempo!!!

ELEGIA 1938

Trabalhas sem alegria para um mundo caduco,
onde as formas e as ações não encerram nenhum exemplo.
Praticas laboriosamente os gestos universais,
sentes calor e frio, falta de dinheiro, fome e desejo sexual.

Heróis enchem os parques da cidade em que te arrastas,
e preconizam a virtude, a renúncia, o sangue-frio, a concepção.
À noite, se neblina, abrem guarda-chuvas de bronze
ou se recolhem aos volumes de sinistras bibliotecas.

Amas a noite pelo poder de aniquilamento que encerra
e sabes que, dormindo, os problemas te dispensam de morrer.
Mas o terrível despertar prova a existência da Grande Máquina
e te repõe, pequenino, em face de indecifráveis palmeiras.

Caminhas entre mortos e com eles conversas
sobre coisas do tempo futuro e negócios do espírito.
A literatura estragou tuas melhores horas de amor.
Ao telefone perdeste muito, muitíssimo tempo de semear.

Coração orgulhoso, tens pressa de confessar tua derrota
e adiar para outro século a felicidade coletiva.
Aceitas a chuva, a guerra, o desemprego e a injusta distribuição
porque não podes, sozinho, dinamitar a ilha de Manhattan.

MÃOS DADAS

Não serei o poeta de um mundo caduco.
Também não cantarei o mundo futuro.
Estou preso à vida e olho meus companheiros.
Estão taciturnos mas nutrem grandes esperanças.
Entre eles, considero a enorme realidade.
O presente é tão grande, não nos afastemos.
Não nos afastemos muito, vamos de mãos dadas.

Não serei o cantor de uma mulher, de uma história,
não direi os suspiros ao anoitecer, a paisagem vista da janela,
não distribuirei entorpecentes ou cartas de suicida,
não fugirei para as ilhas nem serei raptado por serafins.
O tempo é a minha matéria, o tempo presente, os homens presentes,
a vida presente.

CONGRESSO INTERNACIONAL DO MEDO

Provisoriamente não cantaremos o amor,
que se refugiou mais abaixo dos subterrâneos.
Cantaremos o medo, que esteriliza os abraços,
não cantaremos o ódio porque esse não existe,
existe apenas o medo, nosso pai e nosso companheiro,
o medo grande dos sertões, dos mares, dos desertos,
o medo dos soldados, o medo das mães, o medo das igrejas,
cantaremos o medo dos ditadores, o medo dos democratas,
cantaremos o medo da morte e o medo de depois da morte,
depois morreremos de medo
e sobre nossos túmulos nascerão flores amarelas e medrosas.

NOSSO TEMPO

A Oswaldo Alves

I

Este é tempo de partido,
tempo de homens partidos.

Em vão percorremos volumes,
viajamos e nos colorimos.
A hora pressentida esmigalha-se em pó na rua.
Os homens pedem carne. Fogo. Sapatos.
As leis não bastam. Os lírios não nascem
da lei. Meu nome é tumulto, e escreve-se
na pedra.

Visito os fatos, não te encontro.
Onde te ocultas, precária síntese,
penhor de meu sono, luz
dormindo acesa na varanda?
Miúdas certezas de empréstimo, nenhum beijo
sobe ao ombro para contar-me
a cidade dos homens completos.

Calo-me, espero, decifro.
As coisas talvez melhorem.
São tão fortes as coisas!

Mas eu não sou as coisas e me revolto.
Tenho palavras em mim buscando canal,
são roucas e duras,
irritadas, enérgicas,
comprimidas há tanto tempo,
perderam o sentido, apenas querem explodir.

II

Este é tempo de divisas,
tempo de gente cortada.
De mãos viajando sem braços,
obscenos gestos avulsos.

Mudou-se a rua da infância.
E o vestido vermelho
vermelho
cobre a nudez do amor,
ao relento, no vale.

Símbolos obscuros se multiplicam.
Guerra, verdade, flores?
Dos laboratórios platônicos mobilizados
vem um sopro que cresta as faces
e dissipa, na praia, as palavras.

A escuridão estende-se mas não elimina
o sucedâneo da estrela nas mãos.
Certas partes de nós como brilham! São unhas,
anéis, pérolas, cigarros, lanternas,
são partes mais íntimas,
a pulsação, o ofego,
e o ar da noite é o estritamente necessário
para continuar, e continuamos.

III

E continuamos. É tempo de muletas.
Tempo de mortos faladores
e velhas paralíticas, nostálgicas de bailado,
mas ainda é tempo de viver e contar.
Certas histórias não se perderam.
Conheço bem esta casa,
pela direita entra-se, pela esquerda sobe-se,
a sala grande conduz a quartos terríveis,
como o do enterro que não foi feito, do corpo esquecido na mesa,
conduz à copa de frutas ácidas,
ao claro jardim central, à água
que goteja e segreda
o incesto, a bênção, a partida,
conduz às celas fechadas, que contêm:

                    papéis?
                    crimes?
                    moedas?

Ó conta, velha preta, ó jornalista, poeta, pequeno historiador urbano,
ó surdo-mudo, depositário de meus desfalecimentos, abre-te e conta,
moça presa na memória, velho aleijado, baratas dos arquivos, portas
                                   [rangentes, solidão e asco,
pessoas e coisas enigmáticas, contai;
capa de poeira dos pianos desmantelados, contai;
velhos selos do imperador, aparelhos de porcelana partidos, contai;
ossos na rua, fragmentos de jornal, colchetes no chão da costureira,
    [luto no braço, pombas, cães errantes, animais caçados, contai.
Tudo tão difícil depois que vos calastes...
E muitos de vós nunca se abriram.

IV

É tempo de meio silêncio,
de boca gelada e murmúrio,
palavra indireta, aviso
na esquina. Tempo de cinco sentidos
num só. O espião janta conosco.

É tempo de cortinas pardas,
de céu neutro, política
na maçã, no santo, no gozo,
amor e desamor, cólera
branda, gim com água tônica,
olhos pintados,
dentes de vidro,
grotesca língua torcida.
A isso chamamos: balanço.

No beco,
apenas um muro,
sobre ele a polícia.
No céu da propaganda
aves anunciam
a glória.
No quarto,
irrisão e três colarinhos sujos.

V

Escuta a hora formidável do almoço
na cidade. Os escritórios, num passe, esvaziam-se.
As bocas sugam um rio de carne, legumes e tortas vitaminosas.
Salta depressa do mar a bandeja de peixes argênteos!
Os subterrâneos da fome choram caldo de sopa,

olhos líquidos de cão através do vidro devoram teu osso.
Come, braço mecânico, alimenta-te, mão de papel, é tempo de comida,
mais tarde será o de amor.

Lentamente os escritórios se recuperam, e os negócios, forma
                                    [indecisa, evoluem.
O esplêndido negócio insinua-se no tráfego.
Multidões que o cruzam não veem. É sem cor e sem cheiro.
Está dissimulado no bonde, por trás da brisa do sul,
vem na areia, no telefone, na batalha de aviões,
toma conta de tua alma e dela extrai uma porcentagem.

Escuta a hora espandongada da volta.
Homem depois de homem, mulher, criança, homem,
roupa, cigarro, chapéu, roupa, roupa, roupa,
homem, homem, mulher, homem, mulher, roupa, homem
imaginam esperar qualquer coisa,
e se quedam mudos, escoam-se passo a passo, sentam-se,
últimos servos do negócio, imaginam voltar para casa,
já noite, entre muros apagados, numa suposta cidade, imaginam.

Escuta a pequena hora noturna de compensação, leituras, apelo ao
                                    [cassino, passeio na praia,
o corpo ao lado do corpo, afinal distendido,
com as calças despido o incômodo pensamento de escravo,
escuta o corpo ranger, enlaçar, refluir,
errar em objetos remotos e, sob eles soterrado sem dor,
confiar-se ao que-bem-me-importa
do sono.

Escuta o horrível emprego do dia
em todos os países de fala humana,
a falsificação das palavras pingando nos jornais,
o mundo irreal dos cartórios onde a propriedade é um bolo com flores,

os bancos triturando suavemente o pescoço do açúcar,
a constelação das formigas e usurários,
a má poesia, o mau romance,
os frágeis que se entregam à proteção do basilisco,
o homem feio, de mortal feiura,
passeando de bote
num sinistro crepúsculo de sábado.

VI

Nos porões da família,
orquídeas e opções
de compra e desquite.
A gravidez elétrica
já não traz delíquios.
Crianças alérgicas
trocam-se; reformam-se.
Há uma implacável
guerra às baratas.
Contam-se histórias
por correspondência.
A mesa reúne
um copo, uma faca,
e a cama devora
tua solidão.
Salva-se a honra
e a herança do gado.

VII

Ou não se salva, e é o mesmo. Há soluções, há bálsamos
para cada hora e dor. Há fortes bálsamos,
dores de classe, de sangrenta fúria

e plácido rosto. E há mínimos
bálsamos, recalcadas dores ignóbeis,
lesões que nenhum governo autoriza,
não obstante doem,
melancolias insubornáveis,
ira, reprovação, desgosto
desse chapéu velho, da rua lodosa, do Estado.
Há o pranto no teatro,
no palco? no público? nas poltronas?
há sobretudo o pranto no teatro,
já tarde, já confuso,
ele embacia as luzes, se engolfa no linóleo,
vai minar nos armazéns, nos becos coloniais onde passeiam ratos
[noturnos,
vai molhar, na roça madura, o milho ondulante,
e secar ao sol, em poça amarga.
E dentro do pranto minha face trocista,
meu olho que ri e despreza,
minha repugnância total por vosso lirismo deteriorado,
que polui a essência mesma dos diamantes.

VIII

O poeta
declina de toda responsabilidade
na marcha do mundo capitalista
e com suas palavras, intuições, símbolos e outras armas
promete ajudar
a destruí-lo
como uma pedreira, uma floresta,
um verme.

O ELEFANTE

Fabrico um elefante
de meus poucos recursos.
Um tanto de madeira
tirado a velhos móveis
talvez lhe dê apoio.
E o encho de algodão,
de paina, de doçura.
A cola vai fixar
suas orelhas pensas.
A tromba se enovela,
é a parte mais feliz
de sua arquitetura.
Mas há também as presas,
dessa matéria pura
que não sei figurar.
Tão alva essa riqueza
a espojar-se nos circos
sem perda ou corrupção.
E há por fim os olhos,
onde se deposita
a parte do elefante
mais fluida e permanente,
alheia a toda fraude.

Eis meu pobre elefante
pronto para sair
à procura de amigos

num mundo enfastiado
que já não crê nos bichos
e duvida das coisas.
Ei-lo, massa imponente
e frágil, que se abana
e move lentamente
a pele costurada
onde há flores de pano
e nuvens, alusões
a um mundo mais poético
onde o amor reagrupa
as formas naturais.

Vai o meu elefante
pela rua povoada,
mas não o querem ver
nem mesmo para rir
da cauda que ameaça
deixá-lo ir sozinho.
É todo graça, embora
as pernas não ajudem
e seu ventre balofo
se arrisque a desabar
ao mais leve empurrão.
Mostra com elegância
sua mínima vida,
e não há na cidade
alma que se disponha
a recolher em si
desse corpo sensível
a fugitiva imagem,
o passo desastrado
mas faminto e tocante.

Mas faminto de seres
e situações patéticas,
de encontros ao luar
no mais profundo oceano,
sob a raiz das árvores
ou no seio das conchas,
de luzes que não cegam
e brilham através
dos troncos mais espessos,
esse passo que vai
sem esmagar as plantas
no campo de batalha,
à procura de sítios,
segredos, episódios
não contados em livro,
de que apenas o vento,
as folhas, a formiga
reconhecem o talhe,
mas que os homens ignoram,
pois só ousam mostrar-se
sob a paz das cortinas
à pálpebra cerrada.

E já tarde da noite
volta meu elefante,
mas volta fatigado,
as patas vacilantes
se desmancham no pó.
Ele não encontrou
o de que carecia,
o de que carecemos,
eu e meu elefante,
em que amo disfarçar-me.

Exausto de pesquisa,
caiu-lhe o vasto engenho
como simples papel.
A cola se dissolve
e todo seu conteúdo
de perdão, de carícia,
de pluma, de algodão,
jorra sobre o tapete,
qual mito desmontado.
Amanhã recomeço.

DESAPARECIMENTO DE LUÍSA PORTO

Pede-se a quem souber
do paradeiro de Luísa Porto
avise sua residência
à Rua Santos Óleos, 48.
Previna urgente
solitária mãe enferma
entrevada há longos anos
erma de seus cuidados.

Pede-se a quem avistar
Luísa Porto, de 37 anos,
que apareça, que escreva, que mande dizer
onde está.
Suplica-se ao repórter-amador,
ao caixeiro, ao mata-mosquitos, ao transeunte,
a qualquer do povo e da classe média,
até mesmo aos senhores ricos,
que tenham pena de mãe aflita
e lhe restituam a filha volatilizada
ou pelo menos deem informações.
É alta, magra,
morena, rosto penugento, dentes alvos,
sinal de nascença junto ao olho esquerdo,
levemente estrábica.
Vestidinho simples. Óculos.
Sumida há três meses.
Mãe entrevada chamando.

Roga-se ao povo caritativo desta cidade
que tome em consideração um caso de família
digno de simpatia especial.
Luísa é de bom gênio, correta,
meiga, trabalhadora, religiosa.
Foi fazer compras na feira da praça.
Não voltou.

Levava pouco dinheiro na bolsa.
(Procurem Luísa.)
De ordinário não se demorava.
(Procurem Luísa.)
Namorado isso não tinha.
(Procurem. Procurem.)
Faz tanta falta.

Se, todavia, não a encontrarem
nem por isso deixem de procurar
com obstinação e confiança que Deus sempre recompensa
e talvez encontrem.
Mãe, viúva pobre, não perde a esperança.
Luísa ia pouco à cidade
e aqui no bairro é onde melhor pode ser pesquisada.
Sua melhor amiga, depois da mãe enferma,
é Rita Santana, costureira, moça desimpedida,
a qual não dá notícia nenhuma,
limitando-se a responder: Não sei.
O que não deixa de ser esquisito.

Somem tantas pessoas anualmente
numa cidade como o Rio de Janeiro
que talvez Luísa Porto jamais seja encontrada.
Uma vez, em 1898
ou 9,

sumiu o próprio chefe de polícia
que saíra à tarde para uma volta no Largo do Rocio
e até hoje.
A mãe de Luísa, então jovem,
leu no *Diário Mercantil,*
ficou pasma.
O jornal embrulhado na memória.
Mal sabia ela que o casamento curto, a viuvez,
a pobreza, a paralisia, o queixume
seriam, na vida, seu lote
e que sua única filha, afável posto que estrábica,
se diluiria sem explicação.

Pela última vez e em nome de Deus
todo-poderoso e cheio de misericórdia
procurem a moça, procurem
essa que se chama Luísa Porto
e é sem namorado.
Esqueçam a luta política,
ponham de lado preocupações comerciais,
percam um pouco de tempo indagando,
inquirindo, remexendo.
Não se arrependerão. Não
há gratificação maior do que o sorriso
de mãe em festa
e a paz íntima
consequente às boas e desinteressadas ações,
puro orvalho da alma.

Não me venham dizer que Luísa suicidou-se.
O santo lume da fé
ardeu sempre em sua alma
que pertence a Deus e a Teresinha do Menino Jesus.
Ela não se matou.
Procurem-na.

Tampouco foi vítima de desastre
que a polícia ignora
e os jornais não deram.
Está viva para consolo de uma entrevada
e triunfo geral do amor materno
filial
e do próximo.

Nada de insinuações quanto à moça casta
e que não tinha, não tinha namorado.
Algo de extraordinário terá acontecido,
terremoto, chegada de rei,
as ruas mudaram de rumo,
para que demore tanto, é noite.
Mas há de voltar, espontânea
ou trazida por mão benigna,
o olhar desviado e terno,
canção.

A qualquer hora do dia ou da noite
quem a encontrar avise a Rua Santos Óleos.
Não tem telefone.
Tem uma empregada velha que apanha o recado
e tomará providências.

Mas
se acharem que a sorte dos povos é mais importante
e que não devemos atentar nas dores individuais,
se fecharem ouvidos a este apelo de campainha,
não faz mal, insultem a mãe de Luísa,
virem a página:
Deus terá compaixão da abandonada e da ausente,
erguerá a enferma, e os membros perclusos
já se desatam em forma de busca.
Deus lhe dirá:

Vai,
procura tua filha, beija-a e fecha-a para sempre em teu coração.

Ou talvez não seja preciso esse favor divino.
A mãe de Luísa (somos pecadores)
sabe-se indigna de tamanha graça.
E resta a espera, que sempre é um dom.
Sim, os extraviados um dia regressam
ou nunca, ou pode ser, ou ontem.
E de pensar realizamos.
Quer apenas sua filhinha
que numa tarde remota de Cachoeiro
acabou de nascer e cheira a leite,
a cólica, a lágrima.
Já não interessa a descrição do corpo
nem esta, perdoem, fotografia,
disfarces de realidade mais intensa
e que anúncio algum proverá.
Cessem pesquisas, rádios, calai-vos.
Calma de flores abrindo
no canteiro azul
onde desabrocham seios e uma forma de virgem
intata nos tempos.
E de sentir compreendemos.
Já não adianta procurar
minha querida filha Luísa
que enquanto vagueio pelas cinzas do mundo
com inúteis pés fixados, enquanto sofro
e sofrendo me solto e me recomponho
e torno a viver e ando,
está inerte
cravada no centro da estrela invisível
Amor.

MORTE DO LEITEIRO

A Cyro Novaes

Há pouco leite no país,
é preciso entregá-lo cedo.
Há muita sede no país,
é preciso entregá-lo cedo.
Há no país uma legenda,
que ladrão se mata com tiro.

Então o moço que é leiteiro
de madrugada com sua lata
sai correndo e distribuindo
leite bom para gente ruim.
Sua lata, suas garrafas,
e seus sapatos de borracha
vão dizendo aos homens no sono
que alguém acordou cedinho
e veio do último subúrbio
trazer o leite mais frio
e mais alvo da melhor vaca
para todos criarem força
na luta brava da cidade.

Na mão a garrafa branca
não tem tempo de dizer
as coisas que lhe atribuo
nem o moço leiteiro ignaro,
morador na Rua Namur,

empregado no entreposto,
com 21 anos de idade,
sabe lá o que seja impulso
de humana compreensão.
E já que tem pressa, o corpo
vai deixando à beira das casas
uma apenas mercadoria.

E como a porta dos fundos
também escondesse gente
que aspira ao pouco de leite
disponível em nosso tempo,
avancemos por esse beco,
peguemos o corredor,
depositemos o litro...
Sem fazer barulho, é claro,
que barulho nada resolve.

Meu leiteiro tão sutil,
de passo maneiro e leve,
antes desliza que marcha.
É certo que algum rumor
sempre se faz: passo errado,
vaso de flor no caminho,
cão latindo por princípio,
ou um gato quizilento.
E há sempre um senhor que acorda,
resmunga e torna a dormir.

Mas este acordou em pânico
(ladrões infestam o bairro),
não quis saber de mais nada.
O revólver da gaveta
saltou para sua mão.
Ladrão? se pega com tiro.

Os tiros na madrugada
liquidaram meu leiteiro.
Se era noivo, se era virgem,
se era alegre, se era bom,
não sei,
é tarde para saber.

Mas o homem perdeu o sono
de todo, e foge pra rua.
Meu Deus, matei um inocente.
Bala que mata gatuno
também serve pra furtar
a vida de nosso irmão.
Quem quiser que chame médico,
polícia não bota a mão
neste filho de meu pai.
Está salva a propriedade.
A noite geral prossegue,
a manhã custa a chegar,
mas o leiteiro
estatelado, ao relento,
perdeu a pressa que tinha.

Da garrafa estilhaçada,
no ladrilho já sereno
escorre uma coisa espessa
que é leite, sangue... não sei.
Por entre objetos confusos,
mal redimidos da noite,
duas cores se procuram,
suavemente se tocam,
amorosamente se enlaçam,
formando um terceiro tom
a que chamamos aurora.

OS OMBROS SUPORTAM O MUNDO

Chega um tempo em que não se diz mais: meu Deus.
Tempo de absoluta depuração.
Tempo em que não se diz mais: meu amor.
Porque o amor resultou inútil.
E os olhos não choram.
E as mãos tecem apenas o rude trabalho.
E o coração está seco.

Em vão mulheres batem à porta, não abrirás.
Ficaste sozinho, a luz apagou-se,
mas na sombra teus olhos resplandecem enormes.
És todo certeza, já não sabes sofrer.
E nada esperas de teus amigos.

Pouco importa venha a velhice, que é a velhice?
Teus ombros suportam o mundo
e ele não pesa mais que a mão de uma criança.
As guerras, as fomes, as discussões dentro dos edifícios
provam apenas que a vida prossegue
e nem todos se libertaram ainda.
Alguns, achando bárbaro o espetáculo,
prefeririam (os delicados) morrer.
Chegou um tempo em que não adianta morrer.
Chegou um tempo em que a vida é uma ordem.
A vida apenas, sem mistificação.

ANÚNCIO DA ROSA

Imenso trabalho nos custa a flor.
Por menos de oito contos vendê-la? Nunca.
Primavera não há mais doce, rosa tão meiga
onde abrirá? Não, cavalheiros, sede permeáveis.

Uma só pétala resume auroras e pontilhismos,
sugere estâncias, diz que te amam, beijai a rosa,
ela é sete flores, qual mais fragrante, todas exóticas,
todas históricas, todas catárticas, todas patéticas.

Vede o caule,
traço indeciso.

Autor da rosa, não me revelo, sou eu, quem sou?
Deus me ajudara, mas ele é neutro, e mesmo duvido
que em outro mundo alguém se curve, filtre a paisagem,
pense uma rosa na pura ausência, no amplo vazio.

Vinde, vinde,
olhai o cálice.

Por preço tão vil mas peça, como direi, aurilavrada,
não, é cruel existir em tempo assim filaucioso.
Injusto padecer exílio, pequenas cólicas cotidianas,
oferecer-vos alta mercancia estelar e sofrer vossa irrisão.

Rosa na roda,
rosa na máquina,
apenas rósea.

Selarei, venda murcha, meu comércio incompreendido,
pois jamais virão pedir-me, eu sei, o que de melhor se compôs na
[noite,
e não há oito contos. Já não vejo amadores de rosa.
Ó fim do parnasiano, começo da era difícil, a burguesia apodrece.

Aproveitem. A última
rosa desfolha-se.

CONTEMPLAÇÃO NO BANCO

I

O coração pulverizado range
sob o peso nervoso ou retardado ou tímido
que não deixa marca na alameda, mas deixa
essa estampa vaga no ar, e uma angústia em mim,
espiralante.

Tantos pisam este chão que ele talvez
um dia se humanize. E malaxado,
embebido da fluida substância de nossos segredos,
quem sabe a flor que aí se elabora, calcária, sanguínea?

Ah, não viver para contemplá-la! Contudo,
não é longo mentar uma flor, e permitido
correr por cima do estreito rio presente,
construir de bruma nosso arco-íris.

Nossos donos temporais ainda não devassaram
o claro estoque de manhãs
que cada um traz no sangue, no vento.

Passarei a vida entoando uma flor, pois não sei cantar
nem a guerra, nem o amor cruel, nem os ódios organizados,
e olho para os pés dos homens, e cismo.

Escultura de ar, minhas mãos
te modelam nua e abstrata
para o homem que não serei.

Ele talvez compreenda com todo o corpo,
para além da região minúscula do espírito,
a razão de ser, o ímpeto, a confusa
distribuição em mim, de seda e péssimo.

II

Nalgum lugar faz-se esse homem...
Contra a vontade dos pais ele nasce,
contra a astúcia da medicina ele cresce,
e ama, contra a amargura da política.

Não lhe convém o débil nome de filho,
pois só a nós mesmos podemos gerar,
e esse nega, sorrindo, a escura fonte.

Irmão lhe chamaria, mas irmão
por quê, se a vida nova
se nutre de outros sais, que não sabemos?

Ele é seu próprio irmão, no dia vasto,
na vasta integração das formas puras,
sublime arrolamento de contrários
enlaçados por fim.

Meu retrato futuro, como te amo,
e mineralmente te pressinto, e sinto
quanto estás longe de nosso vão desenho
e de nossas roucas onomatopeias...

III

Vejo-te nas ervas pisadas.
O jornal, que aí pousa, mente.

Descubro-te ausente nas esquinas
mais povoadas, e vejo-te incorpóreo,
contudo nítido, sobre o mar oceano.

Chamar-te visão seria
malconhecer as visões
de que é cheio o mundo
e vazio.

Quase posso tocar-te, como às coisas diluculares
que se moldam em nós, e a guarda não captura,
e vingam.

Dissolvendo a cortina de palavras,
tua forma abrange a terra e se desata
à maneira do frio, da chuva, do calor e das lágrimas.

Triste é não ter um verso maior que os literários,
é não compor um verso novo, desorbitado,
para envolver tua efígie lunar, ó quimera
que sobes do chão batido e da relva pobre.

CANÇÃO AMIGA

Eu preparo uma canção
em que minha mãe se reconheça,
todas as mães se reconheçam,
e que fale como dois olhos.

Caminho por uma rua
que passa em muitos países.
Se não me veem, eu vejo
e saúdo velhos amigos.

Eu distribuo um segredo
como quem ama ou sorri.
No jeito mais natural
dois carinhos se procuram.

Minha vida, nossas vidas
formam um só diamante.
Aprendi novas palavras
e tornei outras mais belas.

Eu preparo uma canção
que faça acordar os homens
e adormecer as crianças.

AMAR-AMARO

O AMOR BATE NA AORTA

Cantiga do amor sem eira
nem beira,
vira o mundo de cabeça
para baixo,
suspende a saia das mulheres,
tira os óculos dos homens,
o amor, seja como for,
é o amor.

Meu bem, não chores,
hoje tem filme de Carlito!

O amor bate na porta
o amor bate na aorta,
fui abrir e me constipei.
Cardíaco e melancólico,
o amor ronca na horta
entre pés de laranjeira
entre uvas meio verdes
e desejos já maduros.

Entre uvas meio verdes,
meu amor, não te atormentes.
Certos ácidos adoçam
a boca murcha dos velhos
e quando os dentes não mordem

e quando os braços não prendem
o amor faz uma cócega
o amor desenha uma curva
propõe uma geometria.

Amor é bicho instruído.

Olha: o amor pulou o muro
o amor subiu na árvore
em tempo de se estrepar.
Pronto, o amor se estrepou.
Daqui estou vendo o sangue
que escorre do corpo andrógino.
Essa ferida, meu bem,
às vezes não sara nunca
às vezes sara amanhã.

Daqui estou vendo o amor
irritado, desapontado,
mas também vejo outras coisas:
vejo corpos, vejo almas
vejo beijos que se beijam
ouço mãos que se conversam
e que viajam sem mapa.
Vejo muitas outras coisas
que não ouso compreender...

QUADRILHA

João amava Teresa que amava Raimundo
que amava Maria que amava Joaquim que amava Lili
que não amava ninguém.
João foi pra os Estados Unidos, Teresa para o convento,
Raimundo morreu de desastre, Maria ficou para tia,
Joaquim suicidou-se e Lili casou com J. Pinto Fernandes
que não tinha entrado na história.

NECROLÓGIO DOS DESILUDIDOS DO AMOR

Os desiludidos do amor
estão desfechando tiros no peito.
Do meu quarto ouço a fuzilaria.
As amadas torcem-se de gozo.
Oh quanta matéria para os jornais.

Desiludidos mas fotografados,
escreveram cartas explicativas,
tomaram todas as providências
para o remorso das amadas.
Pum pum pum adeus, enjoada.
Eu vou, tu ficas, mas nos veremos
seja no claro céu ou turvo inferno.

Os médicos estão fazendo a autópsia
dos desiludidos que se mataram.
Que grandes corações eles possuíam.
Vísceras imensas, tripas sentimentais
e um estômago cheio de poesia...

Agora vamos para o cemitério
levar os corpos dos desiludidos
encaixotados competentemente
(paixões de primeira e de segunda classe).

Os desiludidos seguem iludidos,
sem coração, sem tripas, sem amor.
Única fortuna, os seus dentes de ouro
não servirão de lastro financeiro
e cobertos de terra perderão o brilho
enquanto as amadas dançarão um samba
bravo, violento, sobre a tumba deles.

NÃO SE MATE

Carlos, sossegue, o amor
é isso que você está vendo:
hoje beija, amanhã não beija,
depois de amanhã é domingo
e segunda-feira ninguém sabe
o que será.

Inútil você resistir
ou mesmo suicidar-se.
Não se mate, oh não se mate,
reserve-se todo para
as bodas que ninguém sabe
quando virão,
se é que virão.

O amor, Carlos, você telúrico,
a noite passou em você,
e os recalques se sublimando,
lá dentro um barulho inefável,
rezas,
vitrolas,
santos que se persignam,
anúncios do melhor sabão,
barulho que ninguém sabe
de quê, praquê.

Entretanto você caminha
melancólico e vertical.
Você é a palmeira, você é o grito
que ninguém ouviu no teatro
e as luzes todas se apagam.
O amor no escuro, não, no claro,
é sempre triste, meu filho, Carlos,
mas não diga nada a ninguém,
ninguém sabe nem saberá.

O MITO

Sequer conheço Fulana,
vejo Fulana tão curto,
Fulana jamais me vê,
mas como eu amo Fulana.

Amarei mesmo Fulana?
ou é ilusão de sexo?
Talvez a linha do busto,
da perna, talvez do ombro.

Amo Fulana tão forte,
amo Fulana tão dor,
que todo me despedaço
e choro, menino, choro.

Mas Fulana vai se rindo...
Vejam Fulana dançando.
No esporte ela está sozinha.
No bar, quão acompanhada.

E Fulana diz mistérios,
diz marxismo, *rimmel*, gás.
Fulana me bombardeia,
no entanto sequer me vê.

E sequer nos compreendemos.
É dama de alta fidúcia,

tem latifúndios, iates,
sustenta cinco mil pobres.

Menos eu... que de orgulhoso
me basto pensando nela.
Pensando com unha, plasma,
fúria, gilete, desânimo.

Amor tão disparatado.
Desbaratado é que é...
Nunca a sentei no meu colo
nem vi pela fechadura.

Mas eu sei quanto me custa
manter esse gelo digno,
essa indiferença gaia
e não gritar: Vem, Fulana!

Como deixar de invadir
sua casa de mil fechos
e sua veste arrancando
mostrá-la depois ao povo

tal como é ou deve ser:
branca, intata, neutra, rara,
feita de pedra translúcida,
de ausência e ruivos ornatos.

Mas como será Fulana,
digamos, no seu banheiro?
Só de pensar em seu corpo
o meu se punge... Pois sim.

Porque preciso do corpo
para mendigar Fulana,
rogar-lhe que pise em mim,
que me maltrate... Assim não.

Mas Fulana será gente?
Estará somente em ópera?
Será figura de livro?
Será bicho? Saberei?

Não saberei? Só pegando,
pedindo: Dona, desculpe...
O seu vestido esconde algo?
tem coxas reais? cintura?

Fulana às vezes existe
demais; até me apavora.
Vou sozinho pela rua,
eis que Fulana me roça.

Olho: não tem mais Fulana.
Povo se rindo de mim.
(Na curva do seu sapato
o calcanhar rosa e puro.)

E eu insonte, pervagando
em ruas de peixe e lágrima.
Aos operários: A vistes?
Não, dizem os operários.

Aos boiadeiros: A vistes?
Dizem não os boiadeiros.
Acaso a vistes, doutores?
Mas eles respondem: Não.

Pois é possível? Pergunto
aos jornais: todos calados.
Não sabemos se Fulana
passou. De nada sabemos.

E são onze horas da noite,
são onze rodas de chope,
onze vezes dei a volta
de minha sede; e Fulana

talvez dance no cassino
ou, e será mais provável,
talvez beije no Leblon,
talvez se banhe na Cólquida;

talvez se pinte no espelho
do táxi; talvez aplauda
certa peça miserável
num teatro barroco e louco;

talvez cruze a perna e beba,
talvez corte figurinhas,
talvez fume de piteira,
talvez ria, talvez minta.

Esse insuportável riso
de Fulana de mil dentes
(anúncio de dentifrício)
é faca me escavacando.

Me ponho a correr na praia.
Venha o mar! Venham cações!
Que o farol me denuncie!
Que a fortaleza me ataque!

Quero morrer sufocado,
quero das mortes a hedionda,
quero voltar repelido
pela salsugem do largo,

já sem cabeça e sem perna,
à porta do apartamento,
para feder: de propósito,
somente para Fulana.

E Fulana apelará
para os frascos de perfume.
Abre-os todos: mas de todos
eu salto, e ofendo, e sujo.

E Fulana correrá
(nem se cobriu: vai chispando)
talvez se atire lá do alto.
Seu grito é: socorro! e deus.

Mas não quero nada disso.
Para que chatear Fulana?
Pancada na sua nuca
na minha é que vai doer.

E daí não sou criança.
Fulana estuda meu rosto.
Coitado: de raça branca.
Tadinho: tinha gravata.

Já morto, me quererá?
Esconjuro, se é necrófila...
Fulana é vida, ama as flores,
as artérias e as debêntures.

Sei que jamais me perdoara
matar-me para servi-la.
Fulana quer homens fortes,
couraçados, invasores.

Fulana é toda dinâmica,
tem um motor na barriga.
Suas unhas são elétricas,
seus beijos refrigerados,

desinfetados, gravados
em máquina multilite.
Fulana, como é sadia!
Os enfermos somos nós.

Sou eu, o poeta precário
que fez de Fulana um mito,
nutrindo-me de Petrarca,
Ronsard, Camões e Capim;

que a sei embebida em leite,
carne, tomate, ginástica,
e lhe colo metafísicas,
enigmas, causas primeiras.

Mas, se tentasse construir
outra Fulana que não
essa de burguês sorriso
e de tão burro esplendor?

Mudo-lhe o nome; recorto-lhe
um traje de transparência;
já perde a carência humana;
e bato-a; de tirar sangue.

193

E lhe dou todas as faces
de meu sonho que especula;
e abolimos a cidade
já sem peso e nitidez.

E vadeamos a ciência,
mar de hipóteses. A lua
fica sendo nosso esquema
de um território mais justo.

E colocamos os dados
de um mundo sem classe e imposto,
e nesse mundo instalamos
os nossos irmãos vingados.

E nessa fase gloriosa,
de contradições extintas,
eu e Fulana, abrasados,
queremos... que mais queremos?

E digo a Fulana: Amiga,
afinal nos compreendemos.
Já não sofro, já não brilhas,
mas somos a mesma coisa.

(Uma coisa tão diversa
da que pensava que fôssemos.)

CASO DO VESTIDO

Nossa mãe, o que é aquele
vestido, naquele prego?

Minhas filhas, é o vestido
de uma dona que passou.

Passou quando, nossa mãe?
Era nossa conhecida?

Minhas filhas, boca presa.
Vosso pai evém chegando.

Nossa mãe, dizei depressa
que vestido é esse vestido.

Minhas filhas, mas o corpo
ficou frio e não o veste.

O vestido, nesse prego,
está morto, sossegado.

Nossa mãe, esse vestido
tanta renda, esse segredo!

Minhas filhas, escutai
palavras de minha boca.

Era uma dona de longe,
vosso pai enamorou-se.

E ficou tão transtornado,
se perdeu tanto de nós,

se afastou de toda vida,
se fechou, se devorou,

chorou no prato de carne,
bebeu, brigou, me bateu,

me deixou com vosso berço,
foi para a dona de longe,

mas a dona não ligou.
Em vão o pai implorou.

Dava apólice, fazenda,
dava carro, dava ouro,

beberia seu sobejo,
lamberia seu sapato.

Mas a dona nem ligou.
Então vosso pai, irado,

me pediu que lhe pedisse,
a essa dona tão perversa,

que tivesse paciência
e fosse dormir com ele...

Nossa mãe, por que chorais?
Nosso lenço vos cedemos.

Minhas filhas, vosso pai
chega ao pátio. Disfarcemos.

Nossa mãe, não escutamos
pisar de pé no degrau.

Minhas filhas, procurei
aquela mulher do demo.

E lhe roguei que aplacasse
de meu marido a vontade.

Eu não amo teu marido,
me falou ela se rindo.

Mas posso ficar com ele
se a senhora fizer gosto,

só pra lhe satisfazer,
não por mim, não quero homem.

Olhei para vosso pai,
os olhos dele pediam.

Olhei para a dona ruim,
os olhos dela gozavam.

O seu vestido de renda,
de colo mui devassado,

197

mais mostrava que escondia
as partes da pecadora.

Eu fiz meu pelo-sinal,
me curvei... disse que sim.

Saí pensando na morte,
mas a morte não chegava.

Andei pelas cinco ruas,
passei ponte, passei rio,

visitei vossos parentes,
não comia, não falava,

tive uma febre terçã,
mas a morte não chegava.

Fiquei fora de perigo,
fiquei de cabeça branca,

perdi meus dentes, meus olhos,
costurei, lavei, fiz doce,

minhas mãos se escalavraram,
meus anéis se dispersaram,

minha corrente de ouro
pagou conta de farmácia.

Vosso pai sumiu no mundo.
O mundo é grande e pequeno.

Um dia a dona soberba
me aparece já sem nada,

pobre, desfeita, mofina,
com sua trouxa na mão.

Dona, me disse baixinho,
não te dou vosso marido,

que não sei onde ele anda.
Mas te dou este vestido,

última peça de luxo
que guardei como lembrança

daquele dia de cobra,
da maior humilhação.

Eu não tinha amor por ele,
ao depois amor pegou.

Mas então ele enjoado
confessou que só gostava

de mim como eu era dantes.
Me joguei a suas plantas,

fiz toda sorte de dengo,
no chão rocei minha cara,

me puxei pelos cabelos,
me lancei na correnteza,

me cortei de canivete,
me atirei no sumidouro,

bebi fel e gasolina,
rezei duzentas novenas,

dona, de nada valeu:
vosso marido sumiu.

Aqui trago minha roupa
que recorda meu malfeito

de ofender dona casada
pisando no seu orgulho.

Recebei esse vestido
e me dai vosso perdão.

Olhei para a cara dela,
quede os olhos cintilantes?

quede graça de sorriso,
quede colo de camélia?

quede aquela cinturinha
delgada como jeitosa?

quede pezinhos calçados
com sandálias de cetim?

Olhei muito para ela,
boca não disse palavra.

Peguei o vestido, pus
nesse prego da parede.

Ela se foi de mansinho
e já na ponta da estrada

vosso pai aparecia.
Olhou pra mim em silêncio,

mal reparou no vestido
e disse apenas: Mulher,

põe mais um prato na mesa.
Eu fiz, ele se assentou,

comeu, limpou o suor,
era sempre o mesmo homem,

comia meio de lado
e nem estava mais velho.

O barulho da comida
na boca, me acalentava,

me dava uma grande paz,
um sentimento esquisito

de que tudo foi um sonho,
vestido não há... nem nada.

Minhas filhas, eis que ouço
vosso pai subindo a escada.

CAMPO DE FLORES

Deus me deu um amor no tempo de madureza,
quando os frutos ou não são colhidos ou sabem a verme.
Deus – ou foi talvez o Diabo – deu-me este amor maduro,
e a um e outro agradeço, pois que tenho um amor.

Pois que tenho um amor, volto aos mitos pretéritos
e outros acrescento aos que amor já criou.
Eis que eu mesmo me torno o mito mais radioso
e talhado em penumbra sou e não sou, mas sou.

Mas sou cada vez mais, eu que não me sabia
e cansado de mim julgava que era o mundo
um vácuo atormentado, um sistema de erros.
Amanhecem de novo as antigas manhãs
que não vivi jamais, pois jamais me sorriram.

Mas me sorriam sempre atrás de tua sombra
imensa e contraída como letra no muro
e só hoje presente.
Deus me deu um amor porque o mereci.
De tantos que já tive ou tiveram em mim,
o sumo se espremeu para fazer um vinho
ou foi sangue, talvez, que se armou em coágulo.

E o tempo que levou uma rosa indecisa
a tirar sua cor dessas chamas extintas

era o tempo mais justo. Era tempo de terra.
Onde não há jardim, as flores nascem de um
secreto investimento em formas improváveis.

Hoje tenho um amor e me faço espaçoso
para arrecadar as alfaias de muitos
amantes desgovernados, no mundo, ou triunfantes,
e ao vê-los amorosos e transidos em torno,
o sagrado terror converto em jubilação.

Seu grão de angústia amor já me oferece
na mão esquerda. Enquanto a outra acaricia
os cabelos e a voz e o passo e a arquitetura
e o mistério que além faz os seres preciosos
à visão extasiada.

Mas, porque me tocou um amor crepuscular,
há que amar diferente. De uma grave paciência
ladrilhar minhas mãos. E talvez a ironia
tenha dilacerado a melhor doação.
Há que amar e calar.
Para fora do tempo arrasto meus despojos
e estou vivo na luz que baixa e me confunde.

ESCADA

Na curva desta escada nos amamos,
nesta curva barroca nos perdemos.
       O caprichoso esquema
unia formas vivas, entre ramas.

Lembras-te, carne? Um arrepio telepático
vibrou nos bens municipais, e dando volta
         ao melhor de nós mesmos,
         deixou-nos sós, a esmo,
espetacularmente sós e desarmados,
que a nos amarmos tanto eis-nos morridos.

       E mortos, e proscritos
de toda comunhão no século (esta espira
e testemunha, e conta), que restava
        das línguas infinitas
que falávamos ou surdas se lambiam
no céu da boca sempre azul e oco?

       Que restava de nós,
neste jardim ou nos arquivos, que restava
de nós, mas que restava, que restava?
       Ai, nada mais restara,
       que tudo mais, na alva,
se perdia, e contagiando o canto aos passarinhos,
vinha até nós, podrido e trêmulo, anunciando

que amor fizera um novo testamento,
e suas prendas jaziam sem herdeiros
num pátio branco e áureo de laranjas.

          Aqui se esgota o orvalho,
e de lembrar não há lembrança. Entrelaçados,
insistíamos em ser; mas nosso espectro,
submarino, à flor do tempo ia apontando,
e já noturnos, rotos, desossados,
          nosso abraço doía
para além da matéria esparsa em números.

Asa que ofereceste o pouso raro
e dançarino e rotativo, cálculo,
          rosa grimpante e fina
que à terra nos prendias e furtavas,
          enquanto a reta insigne
          da torre ia lavrando
no campo desfolhado outras quimeras:
sem ti não somos mais o que antes éramos.

E se este lugar de exílio hoje passeia
faminta imaginação atada aos corvos
          de sua própria ceva,
          escada, ó assunção,
ao céu alças em vão o alvo pescoço,
que outros peitos em ti se beijariam
          sem sombra, e fugitivos,
mas nosso beijo e baba se incorporam
de há muito ao teu cimento, num lamento.

ESTÂNCIAS

Amor? Amar? Vozes que ouvi, já não me lembra
onde: talvez entre grades solenes, num
calcinado e pungitivo lugar que regamos de fúria,
êxtase, adoração, temor. Talvez no mínimo
território acuado entre a espuma e o *gneiss*, onde respira,
– mas que assustada! uma criança apenas. E que presságios
de seus cabelos se desenrolam! Sim, ouvi de amor, em hora
infinda, se bem que sepultada na mais rangente areia
que os pés pisam, pisam, e por sua vez – é lei – desaparecem.
E ouvi de amar, como de um dom a poucos ofertado; ou de um crime.

De novo essas vozes, peço-te: Esconde-as em tom sóbrio,
ou senão, grita-as à face dos homens; desata os petrificados; aturde
os caules no ato de crescer; repete: amor, amar.
O ar se crispa, de ouvi-las; e para além do tempo ressoam, remos
de ouro batendo a água transfigurada; correntes
tombam. Em nós ressurge o antigo; o novo; o que de nada
extrai forma de vida; e não de confiança, de desassossego se nutre.
Eis que a posse abolida na de hoje se reflete, confundem-se,
e quantos desse mal um dia (estão mortos) soluçaram,
habitam nosso corpo reunido e soluçam conosco.

CICLO

Sorrimos para as mulheres bojudas que passam como cargueiros
[adernando,
sorrimos sem interesse, porque a prenhez as circunda.
E levamos balões às crianças que afinal se revelam,
vemo-las criar folhas e temos cuidados especiais com sua segurança,
porque a rua é mortal e a seara não amadureceu.
Assistimos ao crescimento colegial das meninas e como é rude
infundir ritmo ao puro desengonço, forma ao espaço!

Nosso desejo, de ainda não desejar, não se sabe desejo,
e espera.
Como o bicho espera outro bicho.
E o furto espera o ladrão.
E a morte espera o morto.
E a mesma espera, sua esperança.

De repente, sentimos um arco ligando ao céu nossa medula,
e no fundamento do ser a hora fulgura.
É agora, o altar está brunido
e as alfaias cada uma tem seu brilho
e cada brilho seu destino.
Um antigo sacrifício já se alteia
e no linho amarfanhado um búfalo estampou
a sentença dos búfalos.

As crianças crescem tanto, e continuam
tão jardim, mas tão jardim na tarde rubra.

São eternas as crianças decepadas,
e lá embaixo da cama seus destroços
nem nos ferem a vista nem repugnam
a esse outro ser blindado que desponta
de sua própria e ingênua imolação.

E porque subsistem, as crianças,
e boiam na íris madura a censurar-nos,
e constrangem, derrotam
a solércia dos grandes,
há em certos amores essa distância de um a outro
que separa, não duas cidades, mas dois corpos.

Perturbação de entrar
no quarto de nus,
tristeza de nudez que se sabe julgada,
comparação de veia antiga a pele nova,
presença de relógio insinuada entre roupas íntimas,
um ontem ressoando sempre,
e ciência, entretanto, de que nada continua e nem mesmo talvez exista.

Então nos punimos em nossa delícia.
O amor atinge raso, e fere tanto.
Nu a nu,
fome a fome,
não confiscamos nada e nos vertemos.
E é terrivelmente adulto esse animal
a espreitar-nos, sorrindo,
como quem a si mesmo se revela.

As crianças estão vingadas no arrepio
com que vamos à caça; no abandono
de nós, em que se esfuma nossa posse.

(Que possuímos de ninguém, e em que nenhuma região nos
                                          [sabemos pensados,
sequer admitidos como coisas vivendo
salvo no rasto de coisas outras, agressivas?)

Voltamos a nós mesmos, destroçados.
Ai, batalha do tempo contra a luz,
vitória do pequeno sobre o muito,
quem te previu na graça do desejo
a pular de cabrito sobre a relva
súbito incendiada em línguas de ira?
Quem te compôs de sábia timidez
e de suplicazinhas infantis
tão logo ouvidas como desdenhadas?
De impossíveis, de risos e de nadas
tu te formaste, só, em meio aos fortes;
cresceste em véu e risco; disfarçaste
de ti mesma esse núcleo monstruoso
que faz sofrer os máximos guerreiros
e compaixão infunde às mesmas pedras
e a crótalos de bronze nos jardins.
Ei-los prostrados, sim, e nos seus rostos
poluídos de chuva e de excremento
uma formiga escreve, contra o vento,
a notícia dos erros cometidos;
e um cavalo relincha, galopando;
e um desespero sem amar, e amando,
tinge o espaço de um vinho episcopal,
tão roxo é o sangue borrifado a esmo,
de feridas expostas em vitrinas,
joias comuns em suas formas raras
de tarântula   cobra
touro   verme

feridas latejando sem os corpos
deslembrados de tudo na corrente.

Noturno e ambíguo esse sorriso em nosso rumo.
Sorrimos também – mas sem interesse – para as mulheres bojudas
[que passam,
cargueiros adernando em mar de promessa
contínua.

VÉSPERA

Amor em teu regaço as formas sonham
o instante de existir: ainda é bem cedo
para acordar, sofrer. Nem se conhecem
os que se destruirão em teu bruxedo.

Nem tu sabes, amor, que te aproximas
a passo de veludo. És tão secreto,
reticente e ardiloso, que semelhas
uma casa fugindo ao arquiteto.

Que presságios circulam pelo éter,
que signos de paixão, que suspirália
hesita em consumar-se, como flúor,
se não a roça enfim tua sandália?

Não queres morder célere nem forte.
Evitas o clarão aberto em susto.
Examinas cada alma. É fogo inerte?
O sacrifício há de ser lento e augusto.

Então, amor, escolhes o disfarce.
Como brincas (e és sério) em cabriolas,
em risadas sem modo, pés descalços,
no círculo de luz que desenrolas!

Contempla este jardim: os namorados,
dois a dois, lábio a lábio, vão seguindo

de teu capricho o hermético astrolábio,
e perseguem o sol no dia findo.

E se deitam na relva; e se enlaçando
num desejo menor, ou na indecisa
procura de si mesmos, que se expande,
corpóreos, são mais leves do que brisa.

E na montanha-russa o grito unânime
é medo e gozo ingênuo, repartido
em casais que se fundem, mas sem flama,
que só mais tarde o peito é consumido.

Olha, amor, o que fazes desses jovens
(ou velhos) debruçados na água mansa,
relendo a sem-palavra das estórias
que nosso entendimento não alcança.

Na pressa dos comboios, entre silvos,
carregadores e campainhas, rouca
explosão de viagem, como é lírico
o batom a fugir de uma a outra boca.

Assim teus namorados se prospectam:
um é mina do outro; e não se esgota
esse ouro surpreendido nas cavernas
de que o instinto possui a esquiva rota.

Serão cegos, autômatos, escravos
de um deus sem caridade e sem presença?
Mas sorriem os olhos, e que claros
gestos de integração, na noite densa!

Não ensaies demais as tuas vítimas,
ó amor, deixa em paz os namorados.
Eles guardam em si, coral sem ritmo,
os infernos futuros e passados.

INSTANTE

Uma semente engravidava a tarde.
Era o dia nascendo, em vez da noite.
Perdia amor seu hálito covarde,
e a vida, corcel rubro, dava um coice,

mas tão delicioso, que a ferida
no peito transtornado, aceso em festa,
acordava, gravura enlouquecida,
sobre o tempo sem caule, uma promessa.

A manhã sempre-sempre, e dociastutos
eus caçadores a correr, e as presas
num feliz entregar-se, entre soluços.

E que mais, vida eterna, me planejas?
O que se desatou num só momento
não cabe no infinito, e é fuga e vento.

OS PODERES INFERNAIS

O meu amor faísca na medula,
pois que na superfície ele anoitece.
Abre na escuridão sua quermesse.
É todo fome, e eis que repele a gula.

Sua escama de fel nunca se anula
e seu rangido nada tem de prece.
Uma aranha invisível é que o tece.
O meu amor, paralisado, pula.

Pulula, ulula. Salve, lobo triste!
Quando eu secar, ele estará vivendo,
já não vive de mim, nele é que existe

o que sou, o que sobro, esmigalhado.
O meu amor é tudo que, morrendo,
não morre todo, e fica no ar, parado.

SONETO DO PÁSSARO

Batem as asas? Rosa aberta, a saia
esculpe, no seu giro, o corpo leve.
Entre músculos suaves, uma alfaia,
selada, tremeluz à vista breve.

O que, mal percebido, se descreve
em termos de pelúcia ou de cambraia,
o que é fogo sutil, soprado em neve,
curva de coxa atlântica na praia,

vira mulher ou pássaro? No rosto,
essa mesma expressão aérea ou grave,
esse indeciso traço de sol-posto,

de fuga, que há no bico de uma ave.
O mais é jeito humano ou desumano,
conforme a inclinação de meu engano.

O QUARTO EM DESORDEM

Na curva perigosa dos cinquenta
derrapei neste amor. Que dor! que pétala
sensível e secreta me atormenta
e me provoca à síntese da flor

que não se sabe como é feita: amor,
na quinta-essência da palavra, e mudo
de natural silêncio já não cabe
em tanto gesto de colher e amar

a nuvem que de ambígua se dilui
nesse objeto mais vago do que nuvem
e mais defeso, corpo! corpo, corpo,

verdade tão final, sede tão vária,
e esse cavalo solto pela cama,
a passear o peito de quem ama.

AMAR

Que pode uma criatura senão,
entre criaturas, amar?
amar e esquecer,
amar e malamar,
amar, desamar, amar?
sempre, e até de olhos vidrados, amar?

Que pode, pergunto, o ser amoroso,
sozinho, em rotação universal, senão
rodar também, e amar?
amar o que o mar traz à praia,
o que ele sepulta, e o que, na brisa marinha,
é sal, ou precisão de amor, ou simples ânsia?

Amar solenemente as palmas do deserto,
o que é entrega ou adoração expectante,
e amar o inóspito, o áspero,
um vaso sem flor, um chão de ferro,
e o peito inerte, e a rua vista em sonho, e uma ave de rapina.

Este o nosso destino: amor sem conta,
distribuído pelas coisas pérfidas ou nulas,
doação ilimitada a uma completa ingratidão,
e na concha vazia do amor a procura medrosa,
paciente, de mais e mais amor.

Amar a nossa falta mesma de amor, e na secura nossa
amar a água implícita, e o beijo tácito, e a sede infinita.

218

ENTRE O SER E AS COISAS

Onda e amor, onde amor, ando indagando
ao largo vento e à rocha imperativa,
e a tudo me arremesso, nesse quando
amanhece frescor de coisa viva.

Às almas, não, as almas vão pairando,
e, esquecendo a lição que já se esquiva,
tornam amor humor, e vago e brando
o que é de natureza corrosiva.

N'água e na pedra amor deixa gravados
seus hieróglifos e mensagens, suas
verdades mais secretas e mais nuas.

E nem os elementos encantados
sabem do amor que os punge e que é, pungindo,
uma fogueira a arder no dia findo.

TARDE DE MAIO

Como esses primitivos que carregam por toda parte o maxilar inferior
[de seus mortos,
assim te levo comigo, tarde de maio,
quando, ao rubor dos incêndios que consumiam a terra,
outra chama, não perceptível, e tão mais devastadora,
surdamente lavrava sob meus traços cômicos,
e uma a uma, *disjecta membra*, deixava ainda palpitantes
e condenadas, no solo ardente, porções de minh'alma
nunca antes nem nunca mais aferidas em sua nobreza
sem fruto.

Mas os primitivos imploram à relíquia saúde e chuva,
colheita, fim do inimigo, não sei que portentos.
Eu nada te peço a ti, tarde de maio,
senão que continues, no tempo e fora dele, irreversível,
sinal de derrota que se vai consumindo a ponto de
converter-se em sinal de beleza no rosto de alguém
que, precisamente, volve o rosto, e passa...
Outono é a estação em que ocorrem tais crises,
e em maio, tantas vezes, morremos.

Para renascer, eu sei, numa fictícia primavera,
já então espectrais sob o aveludado da casca,
trazendo na sombra a aderência das resinas fúnebres
com que nos ungiram, e nas vestes a poeira do carro
fúnebre, tarde de maio, em que desaparecemos,

sem que ninguém, o amor inclusive, pusesse reparo.
E os que o vissem não saberiam dizer: se era um préstito
lutuoso, arrastado, poeirento, ou um desfile carnavalesco.
Nem houve testemunha.

Não há nunca testemunhas. Há desatentos. Curiosos, muitos.
Quem reconhece o drama, quando se precipita, sem máscara?
Se morro de amor, todos o ignoram
e negam. O próprio amor se desconhece e maltrata.
O próprio amor se esconde, ao jeito dos bichos caçados;
não está certo de ser amor, há tanto lavou a memória
das impurezas de barro e folha em que repousava. E resta,
perdida no ar, por que melhor se conserve,
uma particular tristeza, a imprimir seu selo nas nuvens.

FRAGA E SOMBRA

A sombra azul da tarde nos confrange.
Baixa, severa, a luz crepuscular.
Um sino toca, e não saber quem tange
é como se este som nascesse do ar.

Música breve, noite longa. O alfanje
que sono e sonho ceifa devagar
mal se desenha, fino, ante a falange
das nuvens esquecidas de passar.

Os dois apenas, entre céu e terra,
sentimos o espetáculo do mundo,
feito de mar ausente e abstrata serra.

E calcamos em nós, sob o profundo
instinto de existir, outra mais pura
vontade de anular a criatura.

CANÇÃO PARA ÁLBUM DE MOÇA

Bom dia: eu dizia à moça
que de longe me sorria.
Bom dia: mas da distância
ela nem me respondia.
Em vão a fala dos olhos
e dos braços repetia
bom-dia à moça que estava,
de noite como de dia,
bem longe de meu poder
e de meu pobre bom-dia.
Bom dia sempre: se acaso
a resposta vier fria
ou tarde vier, contudo
esperarei o bom-dia.
E sobre casas compactas,
sobre o vale e a serrania,
irei repetindo manso
a qualquer hora: bom dia.
O tempo é talvez ingrato
e funda a melancolia
para que se justifique
o meu absurdo bom-dia.
Nem a moça põe reparo,
não sente, não desconfia
o que há de carinho preso
no cerne deste bom-dia.

Bom dia: repito à tarde,
à meia-noite: bom dia.
E de madrugada vou
pintando a cor de meu dia,
que a moça possa encontrá-lo
azul e rosa: bom dia.
Bom dia: apenas um eco
na mata (mas quem diria)
decifra minha mensagem,
deseja bom o meu dia.
A moça, sorrindo ao longe,
não sente, nessa alegria,
o que há de rude também
no clarão deste bom-dia.
De triste, túrbido, inquieto,
noite que se denuncia
e vai errante, sem fogos,
na mais louca nostalgia.
Ah, se um dia respondesses
ao meu bom-dia: bom dia!
Como a noite se mudara
no mais cristalino dia!

RAPTO

Se uma águia fende os ares e arrebata
esse que é forma pura e que é suspiro
de terrenas delícias combinadas;
e se essa forma pura, degradando-se,
mais perfeita se eleva, pois atinge
a tortura do embate, no arremate
de uma exaustão suavíssima, tributo
com que se paga o voo mais cortante;
se, por amor de uma ave, ei-la recusa
o pasto natural aberto aos homens,
e pela via hermética e defesa
vai demandando o cândido alimento
que a alma faminta implora até o extremo;
se esses raptos terríveis se repetem
já nos campos e já pelas noturnas
portas de pérola dúbia das boates;
e se há no beijo estéril um soluço
esquivo e refolhado, cinza em núpcias,
e tudo é triste sob o céu flamante
(que o pecado cristão, ora jungido
ao mistério pagão, mais o alanceia),
baixemos nossos olhos ao desígnio
da natureza ambígua e reticente:
ela tece, dobrando-lhe o amargor,
outra forma de amar no acerbo amor.

MEMÓRIA

Amar o perdido
deixa confundido
este coração.

Nada pode o olvido
contra o sem sentido
apelo do Não.

As coisas tangíveis
tornam-se insensíveis
à palma da mão.

Mas as coisas findas,
muito mais que lindas,
essas ficarão.

AMAR-AMARO

por que amou por que a!mou
se sabia
proibido passear sentimentos
ternos ou sopɐɹǝdsǝsǝp
nesse museu do pardo indiferente
me diga: mas por que
amar   sofrer talvez   como se morre
de varíola voluntária vágula ev
idente?

ah PORQUEAMOU
e se queimou
todo por dentro por fora nos cantos nos ecos
lúgubres de você mesm(o, a)
irm(ã, o) retrato espéculo por que amou?

se era para
ou era por
como se entretanto todavia
toda via mas toda vida
é indagação do achado e aguda espostejação
da carne do conhecimento, ora veja

permita cavalheir(o, a)
amig(o, a) me releve
este malestar

227

cantarino escarninho piedoso
este querer consolar sem muita convicção
o que é inconsolável de ofício
a morte é esconsolável consolatrix consoadíssima
a vida também
tudo também
mas o amor car(o, a) colega este não consola nunca de núncaras

POESIA CONTEMPLADA

O LUTADOR

Lutar com palavras
é a luta mais vã.
Entanto lutamos
mal rompe a manhã.
São muitas, eu pouco.
Algumas, tão fortes
como o javali.
Não me julgo louco.
Se o fosse, teria
poder de encantá-las.
Mas lúcido e frio,
apareço e tento
apanhar algumas
para meu sustento
num dia de vida.
Deixam-se enlaçar,
tontas à carícia
e súbito fogem
e não há ameaça
e nem há sevícia
que as traga de novo
ao centro da praça.

Insisto, solerte.
Busco persuadi-las.
Ser-lhes-ei escravo

de rara humildade.
Guardarei sigilo
de nosso comércio.
Na voz, nenhum travo
de zanga ou desgosto.
Sem me ouvir deslizam,
perpassam levíssimas
e viram-me o rosto.
Lutar com palavras
parece sem fruto.
Não têm carne e sangue...
Entretanto, luto.

Palavra, palavra
(digo exasperado),
se me desafias,
aceito o combate.
Quisera possuir-te
neste descampado,
sem roteiro de unha
ou marca de dente
nessa pele clara.
Preferes o amor
de uma posse impura
e que venha o gozo
da maior tortura.

Luto corpo a corpo,
luto todo o tempo,
sem maior proveito
que o da caça ao vento.
Não encontro vestes,
não seguro formas,

é fluido inimigo
que me dobra os músculos
e ri-se das normas
da boa peleja.

Iludo-me às vezes,
pressinto que a entrega
se consumará.
Já vejo palavras
em coro submisso,
esta me ofertando
seu velho calor,
outra sua glória
feita de mistério,
outra seu desdém
outra seu ciúme,
e um sapiente amor
me ensina a fruir
de cada palavra
a essência captada,
o sutil queixume.
Mas ai! é o instante
de entreabrir os olhos:
entre beijo e boca,
tudo se evapora.

O ciclo do dia
ora se consuma
e o inútil duelo
jamais se resolve.
O teu rosto belo,
ó palavra, esplende
na curva da noite

que toda me envolve.
Tamanha paixão
e nenhum pecúlio.
Cerradas as portas,
a luta prossegue
nas ruas do sono.

PROCURA DA POESIA

Não faças versos sobre acontecimentos.
Não há criação nem morte perante a poesia.
Diante dela, a vida é um sol estático,
não aquece nem ilumina.
As afinidades, os aniversários, os incidentes pessoais não contam.
Não faças poesia com o corpo,
esse excelente, completo e confortável corpo, tão infenso à efusão
[lírica.
Tua gota de bile, tua careta de gozo ou de dor no escuro
são indiferentes.
Nem me reveles teus sentimentos,
que se prevalecem do equívoco e tentam a longa viagem.
O que pensas e sentes, isso ainda não é poesia.

Não cantes tua cidade, deixa-a em paz.
O canto não é o movimento das máquinas nem o segredo das casas.
Não é música ouvida de passagem; rumor do mar nas ruas junto à
[linha de espuma.
O canto não é a natureza
nem os homens em sociedade.
Para ele, chuva e noite, fadiga e esperança nada significam.
A poesia (não tires poesia das coisas)
elide sujeito e objeto.

Não dramatizes, não invoques,
não indagues. Não percas tempo em mentir.
Não te aborreças.

Teu iate de marfim, teu sapato de diamante,
vossas mazurcas e abusões, vossos esqueletos de família
desaparecem na curva do tempo, é algo imprestável.

Não recomponhas
tua sepultada e merencória infância.
Não osciles entre o espelho e a
memória em dissipação.
Que se dissipou, não era poesia.
Que se partiu, cristal não era.

Penetra surdamente no reino das palavras.
Lá estão os poemas que esperam ser escritos.
Estão paralisados, mas não há desespero,
há calma e frescura na superfície intata.
Ei-los sós e mudos, em estado de dicionário.
Convive com teus poemas, antes de escrevê-los.
Tem paciência, se obscuros. Calma, se te provocam.
Espera que cada um se realize e consuma
com seu poder de palavra
e seu poder de silêncio.
Não forces o poema a desprender-se do limbo.
Não colhas no chão o poema que se perdeu.
Não adules o poema. Aceita-o
como ele aceitará sua forma definitiva e concentrada
no espaço.

Chega mais perto e contempla as palavras.
Cada uma
tem mil faces secretas sob a face neutra
e te pergunta, sem interesse pela resposta,
pobre ou terrível, que lhe deres:
Trouxeste a chave?

Repara:
ermas de melodia e conceito
elas se refugiaram na noite, as palavras.
Ainda úmidas e impregnadas de sono,
rolam num rio difícil e se transformam em desprezo.

BRINDE NO BANQUETE DAS MUSAS

Poesia, marulho e náusea,
poesia, canção suicida,
poesia, que recomeças
de outro mundo, noutra vida.

Deixaste-nos mais famintos,
poesia, comida estranha,
se nenhum pão te equivale:
a mosca deglute a aranha.

Poesia, sobre os princípios
e os vagos dons do universo:
em teu regaço incestuoso,
o belo câncer do verso.

Azul, em chama, o telúrio
reintegra a essência do poeta,
e o que é perdido se salva...
Poesia, morte secreta.

OFICINA IRRITADA

Eu quero compor um soneto duro
como poeta algum ousara escrever.
Eu quero pintar um soneto escuro,
seco, abafado, difícil de ler.

Quero que meu soneto, no futuro,
não desperte em ninguém nenhum prazer.
E que, no seu maligno ar imaturo,
ao mesmo tempo saiba ser, não ser.

Esse meu verbo antipático e impuro
há de pungir, há de fazer sofrer,
tendão de Vênus sob o pedicuro.

Ninguém o lembrará: tiro no muro,
cão mijando no caos, enquanto Arcturo,
claro enigma, se deixa surpreender.

POEMA-ORELHA

Esta é a orelha do livro
por onde o poeta escuta
se dele falam mal
        ou se o amam.
Uma orelha ou uma boca
sequiosa de palavras?
São oito livros velhos
e mais um livro novo
de um poeta inda mais velho
que a vida que viveu
e contudo o provoca
a viver sempre e nunca.
Oito livros que o tempo
empurrou para longe
        de mim
mais um livro sem tempo
em que o poeta se contempla
e se diz boa-tarde
(ensaio de boa-noite,
variante de bom-dia,
que tudo é o vasto dia
em seus compartimentos
nem sempre respiráveis
e todos habitados
        enfim.)
Não me leias se buscas

flamante novidade
ou sopro de Camões.
Aquilo que revelo
e o mais que segue oculto
em vítreos alçapões
são notícias humanas,
simples estar-no-mundo,
e brincos de palavra,
um não-estar-estando,
mas de tal jeito urdidos
o jogo e a confissão
que nem distingo eu mesmo
o vivido e o inventado.
Tudo vivido? Nada.
Nada vivido? Tudo.
A orelha pouco explica
de cuidados terrenos;
e a poesia mais rica
é um sinal de menos.

CONCLUSÃO

Os impactos de amor não são poesia
(tentaram ser: aspiração noturna).
A memória infantil e o outono pobre
vazam no verso de nossa urna diurna.

Que é poesia, o belo? Não é poesia,
e o que não é poesia não tem fala.
Nem o mistério em si nem velhos nomes
poesia são: coxa, fúria, cabala.

Então, desanimamos. Adeus, tudo!
A mala pronta, o corpo desprendido,
resta a alegria de estar só, e mudo.

De que se formam nossos poemas? Onde?
Que sonho envenenado lhes responde,
se o poeta é um ressentido, e o mais são nuvens?

UMA, DUAS ARGOLINHAS

SINAL DE APITO

Um silvo breve: Atenção, siga.

Dois silvos breves: Pare.

Um silvo breve à noite: Acenda a lanterna.

Um silvo longo: Diminua a marcha.

Um silvo longo e breve: Motoristas a postos.

> (A este sinal todos os motoristas tomam lugar nos seus veículos para movimentá-los imediatamente.)

POLÍTICA LITERÁRIA

A Manuel Bandeira

O poeta municipal
discute com o poeta estadual
qual deles é capaz de bater o poeta federal.

Enquanto isso o poeta federal
tira ouro do nariz.

OS MATERIAIS DA VIDA

Drls? Faço meu amor em vidrotil
nossos coitos são de modernfold
até que a lança de interflex
vipax nos separe
                    em clavilux
camabel camabel o vale ecoa
sobre o vazio de ondalit
a noite asfáltica
        plkx

ÁPORO

Um inseto cava
cava sem alarme
perfurando a terra
sem achar escape.

Que fazer, exausto,
em país bloqueado,
enlace de noite
raiz e minério?

Eis que o labirinto
(oh razão, mistério)
presto se desata:

em verde, sozinha,
antieuclidiana,
uma orquídea forma-se.

CASO PLUVIOSO

A chuva me irritava. Até que um dia
descobri que maria é que chovia.

A chuva era maria. E cada pingo
de maria ensopava o meu domingo.

E meus ossos molhando, me deixava
como terra que a chuva lavra e lava.

Eu era todo barro, sem verdura...
maria, chuvosíssima criatura!

Ela chovia em mim, em cada gesto,
pensamento, desejo, sono, e o resto.

Era chuva fininha e chuva grossa,
matinal e noturna, ativa... Nossa!

Não me chovas, maria, mais que o justo
chuvisco de um momento, apenas susto.

Não me inundes de teu líquido plasma,
não sejas tão aquático fantasma!

Eu lhe dizia em vão – pois que maria
quanto mais eu rogava, mais chovia.

E chuveirando atroz em meu caminho,
o deixava banhado em triste vinho,

que não aquece, pois água de chuva
mosto é de cinza, não de boa uva.

Chuvadeira maria, chuvadonha,
chuvinhenta, chuvil, pluvimedonha!

Eu lhe gritava: Para! e ela chovendo,
poças d'água gelada ia tecendo.

Choveu tanto maria em minha casa
que a correnteza forte criou asa

e um rio se formou, ou mar, não sei,
sei apenas que nele me afundei.

E quanto mais as ondas me levavam,
as fontes de maria mais chuvavam,

de sorte que com pouco, e sem recurso,
as coisas se lançaram no seu curso,

e eis o mundo molhado e sovertido
sob aquele sinistro e atro chuvido.

Os seres mais estranhos se juntando
na mesma aquosa pasta iam clamando

contra essa chuva, estúpida e mortal
catarata (jamais houve outra igual).

Anti-*petendam* cânticos se ouviram.
Que nada! As cordas d'água mais deliram,

e maria, torneira desatada,
mais se dilata em sua chuvarada.

Os navios soçobram. Continentes
já submergem com todos os viventes,

e maria chovendo. Eis que a essa altura,
delida e fluida a humana enfibratura,

e a terra não sofrendo tal chuvência,
comoveu-se a Divina Providência,

e Deus, piedoso e enérgico, bradou:
Não chove mais, maria! – e ela parou.

TENTATIVA DE EXPLORAÇÃO E DE INTERPRETAÇÃO DO ESTAR-NO-MUNDO

NO MEIO DO CAMINHO

No meio do caminho tinha uma pedra
tinha uma pedra no meio do caminho
tinha uma pedra
no meio do caminho tinha uma pedra.

Nunca me esquecerei desse acontecimento
na vida de minhas retinas tão fatigadas.
Nunca me esquecerei que no meio do caminho
tinha uma pedra
tinha uma pedra no meio do caminho
no meio do caminho tinha uma pedra.

OS MORTOS DE SOBRECASACA

Havia a um canto da sala um álbum de fotografias intoleráveis,
alto de muitos metros e velho de infinitos minutos,
em que todos se debruçavam
na alegria de zombar dos mortos de sobrecasaca.

Um verme principiou a roer as sobrecasacas indiferentes
e roeu as páginas, as dedicatórias e mesmo a poeira dos retratos.
Só não roeu o imortal soluço de vida que rebentava
que rebentava daquelas páginas.

OS ANIMAIS DO PRESÉPIO

Salve, reino animal:
todo o peso celeste
suportas no teu ermo.

Toda a carga terrestre
carregas como se
fosse feita de vento.

Teus cascos lacerados
na lixa do caminho
e tuas cartilagens

e teu rude focinho
e tua cauda zonza,
teu pelo matizado,

tua escama furtiva,
as cores com que iludes
teu negrume geral,

teu voo limitado,
teu rastro melancólico,
tua pobre verônica

em mim, que nem pastor
soube ser, ou serei,
se incorporam, num sopro.

Para tocar o extremo
de minha natureza,
limito-me: sou burro.

Para trazer ao feno
o senso da escultura,
concentro-me: sou boi.

A vária condição
por onde se atropela
essa ânsia de explicar-me

agora se apascenta
à sombra do galpão
neste sinal: sou anjo.

CANTIGA DE ENGANAR

O mundo não vale o mundo,
                      meu bem.
Eu plantei um pé-de-sono,
brotaram vinte roseiras.
Se me cortei nelas todas
e se todas se tingiram
de um vago sangue jorrado
ao capricho dos espinhos,
não foi culpa de ninguém.
O mundo,
          meu bem,
                  não vale
a pena, e a face serena
vale a face torturada.
Há muito aprendi a rir,
de quê? de mim? ou de nada?
O mundo, valer não vale.
Tal como sombra no vale,
a vida baixa... e se sobe
algum som deste declive,
não é grito de pastor
convocando seu rebanho.
Não é flauta, não é canto
de amoroso desencanto.
Não é suspiro de grilo,
voz noturna de nascentes,

não é mãe chamando filho,
não é silvo de serpentes
esquecidas de morder
como abstratas ao luar.
Não é choro de criança
para um homem se formar.
Tampouco a respiração
de soldados e de enfermos,
de meninos internados
ou de freiras em clausura.
Não são grupos submergidos
nas geleiras do entressonho
e que deixem desprender-se,
menos que simples palavra,
menos que folha no outono,
a partícula sonora
que a vida contém, e a morte
contém, o mero registro
da energia concentrada.
Não é nem isto nem nada.
É som que precede a música,
sobrante dos desencontros
e dos encontros fortuitos,
dos malencontros e das
miragens que se condensam
ou que se dissolvem noutras
absurdas figurações.
O mundo não tem sentido.
O mundo e suas canções
de timbre mais comovido
estão calados, e a fala
que de uma para outra sala
ouvimos em certo instante

é silêncio que faz eco
e que volta a ser silêncio
no negrume circundante.
Silêncio: que quer dizer?
Que diz a boca do mundo?
Meu bem, o mundo é fechado,
se não for antes vazio.
O mundo é talvez: e é só.
Talvez nem seja talvez.
O mundo não vale a pena,
mas a pena não existe.
Meu bem, façamos de conta
de sofrer e de olvidar,
de lembrar e de fruir,
de escolher nossas lembranças
e revertê-las, acaso
se lembrem demais em nós.
Façamos, meu bem, de conta
– mas a conta não existe –
que é tudo como se fosse,
ou que, se fora, não era.
Meu bem, usemos palavras.
Façamos mundos: ideias.
Deixemos o mundo aos outros,
já que o querem gastar.
Meu bem, sejamos fortíssimos
– mas a força não existe –
e na mais pura mentira
do mundo que se desmente,
recortemos nossa imagem,
mais ilusória que tudo,
pois haverá maior falso
que imaginar-se alguém vivo,

como se um sonho pudesse
dar-nos o gosto do sonho?
Mas o sonho não existe.
Meu bem, assim acordados,
assim lúcidos, severos,
ou assim abandonados,
deixando-nos à deriva
levar na palma do tempo
– mas o tempo não existe –,
sejamos como se fôramos
num mundo que fosse: o Mundo.

TRISTEZA NO CÉU

No céu também há uma hora melancólica.
Hora difícil, em que a dúvida penetra as almas.
Por que fiz o mundo? Deus se pergunta
e se responde: Não sei.

Os anjos olham-no com reprovação,
e plumas caem.

Todas as hipóteses: a graça, a eternidade, o amor
caem, são plumas.

Outra pluma, o céu se desfaz.
Tão manso, nenhum fragor denuncia
o momento entre tudo e nada,
ou seja, a tristeza de Deus.

ROLA MUNDO

Vi moças gritando
numa tempestade.
O que elas diziam
o vento largava,
logo devolvia.
Pávido escutava,
não compreendia.
Talvez avisassem:
mocidade é morta.
Mas a chuva, mas o choro,
mas a cascata caindo,
tudo me atormentava
sob a escureza do dia,
e vendo,
eu pobre de mim não via.

Vi moças dançando
num baile de ar.
Vi os corpos brandos
tornarem-se violentos
e o vento os tangia.
Eu corria ao vento,
era só umidade,
era só passagem
e gosto de sal.
A brisa na boca
me entristecia

como poucos idílios
jamais o lograram;
e passando,
por dentro me desfazia.

Vi o sapo saltando
uma altura de morro;
consigo levava
o que mais me valia.
Era algo hediondo
e meigo: veludo,
na mole algidez
parecia roubar
para devolver-me
já tarde e corrupta,
de tão babujada,
uma velha medalha
em que dorme teu eco.

Vi outros enigmas
à feição de flores
abertas no vácuo.
Vi saias errantes
demandando corpos
que em gás se perdiam,
e assim desprovidas
mais esvoaçavam,
tornando-se roxo,
azul de longa espera,
negro de mar negro.
Ainda se dispersam.
Em calma, longo tempo,
nenhum tempo, não me lembra.

Vi o coração de moça
esquecido numa jaula.
Excremento de leão,
apenas. E o circo distante.
Vi os tempos defendidos.
Eram de ontem e de sempre,
e em cada país havia
um muro de pedra e espanto,
e nesse muro pousada
uma pomba cega.

Como pois interpretar
o que os heróis não contam?
Como vencer o oceano
se é livre a navegação
mas proibido fazer barcos?
Fazer muros, fazer versos,
cunhar moedas de chuva,
inspecionar os faróis
para evitar que se acendam,
e devolver os cadáveres
ao mar, se acaso protestam,
eu vi; já não quero ver.

E vi minha vida toda
contrair-se num inseto.
Seu complicado instrumento
de voo e de hibernação,
sua cólera zumbidora,
seu frágil bater de élitros,
seu brilho de pôr de tarde
e suas imundas patas...
Joguei tudo no bueiro.

Fragmentos de borracha
e
cheiro de rolha queimada:
eis quanto me liga ao mundo.
Outras riquezas ocultas,
adeus, se despedaçaram.

Depois de tantas visões
já não vale concluir
se o melhor é deitar fora
a um tempo os olhos e os óculos.
E se a vontade de ver
também cabe ser extinta,
se as visões, interceptadas,
e tudo mais abolido.
Pois deixa o mundo existir!
Irredutível ao canto,
superior à poesia,
rola, mundo, rola, mundo,
rola o drama, rola o corpo,
rola o milhão de palavras
na extrema velocidade,
rola-me, rola meu peito,
rola os deuses, os países,
desintegra-te, explode, acaba!

A MÁQUINA DO MUNDO

E como eu palmilhasse vagamente
uma estrada de Minas, pedregosa,
e no fecho da tarde um sino rouco

se misturasse ao som de meus sapatos
que era pausado e seco; e aves pairassem
no céu de chumbo, e suas formas pretas

lentamente se fossem diluindo
na escuridão maior, vinda dos montes
e de meu próprio ser desenganado,

a máquina do mundo se entreabriu
para quem de a romper já se esquivava
e só de o ter pensado se carpia.

Abriu-se majestosa e circunspecta,
sem emitir um som que fosse impuro
nem um clarão maior que o tolerável

pelas pupilas gastas na inspeção
contínua e dolorosa do deserto,
e pela mente exausta de mentar

toda uma realidade que transcende
a própria imagem sua debuxada
no rosto do mistério, nos abismos.

Abriu-se em calma pura, e convidando
quantos sentidos e intuições restavam
a quem de os ter usado os já perdera

e nem desejaria recobrá-los,
se em vão e para sempre repetimos
os mesmos sem roteiro tristes périplos,

convidando-os a todos, em coorte,
a se aplicarem sobre o pasto inédito
da natureza mítica das coisas,

assim me disse, embora voz alguma
ou sopro ou eco ou simples percussão
atestasse que alguém, sobre a montanha,

a outro alguém, noturno e miserável,
em colóquio se estava dirigindo:
"O que procuraste em ti ou fora de

teu ser restrito e nunca se mostrou,
mesmo afetando dar-se ou se rendendo,
e a cada instante mais se retraindo,

olha, repara, ausculta: essa riqueza
sobrante a toda pérola, essa ciência
sublime e formidável, mas hermética,

essa total explicação da vida,
esse nexo primeiro e singular
que nem concebes mais, pois tão esquivo

se revelou ante a pesquisa ardente
em que te consumiste... vê, contempla,
abre teu peito para agasalhá-lo."

As mais soberbas pontes e edifícios,
o que nas oficinas se elabora,
o que pensado foi e logo atinge

distância superior ao pensamento,
os recursos da terra dominados,
e as paixões e os impulsos e os tormentos

e tudo que define o ser terrestre
ou se prolonga até nos animais
e chega às plantas para se embeber

no sono rancoroso dos minérios,
dá volta ao mundo e torna a se engolfar
na estranha ordem geométrica de tudo,

e o absurdo original e seus enigmas,
suas verdades altas mais que tantos
monumentos erguidos à verdade;

e a memória dos deuses, e o solene
sentimento de morte, que floresce
no caule da existência mais gloriosa,

tudo se apresentou nesse relance
e me chamou para seu reino augusto,
afinal submetido à vista humana.

Mas, como eu relutasse em responder
a tal apelo assim maravilhoso,
pois a fé se abrandara, e mesmo o anseio,

a esperança mais mínima – esse anelo
de ver desvanecida a treva espessa
que entre os raios do sol inda se filtra;

270

como defuntas crenças convocadas
presto e fremente não se produzissem
a de novo tingir a neutra face

que vou pelos caminhos demonstrando,
e como se outro ser, não mais aquele
habitante de mim há tantos anos,

passasse a comandar minha vontade
que, já de si volúvel, se cerrava
semelhante a essas flores reticentes

em si mesmas abertas e fechadas;
como se um dom tardio já não fora
apetecível, antes despiciendo,

baixei os olhos, incurioso, lasso,
desdenhando colher a coisa oferta
que se abria gratuita a meu engenho.

A treva mais estrita já pousara
sobre a estrada de Minas, pedregosa,
e a máquina do mundo, repelida,

se foi miudamente recompondo,
enquanto eu, avaliando o que perdera,
seguia vagaroso, de mãos pensas.

JARDIM

Negro jardim onde violas soam
e o mal da vida em ecos se dispersa:
à toa uma canção envolve os ramos,
como a estátua indecisa se reflete

no lago há longos anos habitado
por peixes, não, matéria putrescível,
mas por pálidas contas de colares
que alguém vai desatando, olhos vazados

e mãos oferecidas e mecânicas,
de um vegetal segredo enfeitiçadas,
enquanto outras visões se delineiam

e logo se enovelam: mascarada,
que sei de sua essência (ou não a tem),
jardim apenas, pétalas, presságio.

COMPOSIÇÃO

E é sempre a chuva
nos desertos sem guarda-chuva,
algo que escorre, peixe dúbio
e a cicatriz, percebe-se, no muro nu.

E são dissolvidos fragmentos de estuque
e o pó das demolições de tudo
que atravanca o disforme país futuro.
Débil, nas ramas, o socorro do imbu.
Pinga, no desarvorado campo nu.

Onde vivemos é água. O sono, úmido,
em urnas desoladas. Já se entornam,
fungidas, na corrente, as coisas caras
que eram pura delícia, hoje carvão.

O mais é barro, sem esperança de escultura.

CERÂMICA

Os cacos da vida, colados, formam uma estranha xícara.

Sem uso,
ela nos espia do aparador.

RELÓGIO DO ROSÁRIO

Era tão claro o dia, mas a treva,
do som baixando, em seu baixar me leva

pelo âmago de tudo, e no mais fundo
decifro o choro pânico do mundo,

que se entrelaça no meu próprio choro,
e compomos os dois um vasto coro.

Oh dor individual, afrodisíaco
selo gravado em plano dionisíaco,

a desdobrar-se, tal um fogo incerto,
em qualquer um mostrando o ser deserto,

dor primeira e geral, esparramada,
nutrindo-se do sal do próprio nada,

convertendo-se, turva e minuciosa,
em mil pequena dor, qual mais raivosa,

prelibando o momento bom de doer,
a invocá-lo, se custa a aparecer,

dor de tudo e de todos, dor sem nome,
ativa mesmo se a memória some,

dor do rei e da roca, dor da cousa
indistinta e universa, onde repousa

tão habitual e rica de pungência
como um fruto maduro, uma vivência,

dor dos bichos, oclusa nos focinhos,
nas caudas titilantes, nos arminhos,

dor do espaço e do caos e das esferas,
do tempo que há de vir, das velhas eras!

Não é pois todo amor alvo divino,
e mais aguda seta que o destino?

Não é motor de tudo e nossa única
fonte de luz, na luz de sua túnica?

O amor elide a face... Ele murmura
algo que foge, e é brisa e fala impura.

O amor não nos explica. E nada basta,
nada é de natureza assim tão casta

que não macule ou perca sua essência
ao contato furioso da existência.

Nem existir é mais que um exercício
de pesquisar de vida um vago indício,

a provar a nós mesmos que, vivendo,
estamos para doer, estamos doendo.

Mas, na dourada praça do Rosário,
foi-se, no som, a sombra. O columbário

já cinza se concentra, pó de tumbas,
já se permite azul, risco de pombas.

DOMICÍLIO

                    ... O apartamento abria
janelas para o mundo. Crianças vinham
colher na maresia essas notícias
da vida por viver ou da inconsciente

saudade de nós mesmos. A pobreza
da terra era maior entre os metais
que a rua misturava a feios corpos,
duvidosos, na pressa. E do terraço

em solitude os ecos refluíam
e cada exílio em muitos se tornava
e outra cidade fora da cidade

na garra de um anzol ia subindo,
adunca pescaria, mal difuso,
problema de existir, amor sem uso.

CANTO ESPONJOSO

Bela
esta manhã sem carência de mito,
e mel sorvido sem blasfêmia.

Bela
esta manhã ou outra possível,
esta vida ou outra invenção,
sem, na sombra, fantasmas.

Umidade de areia adere ao pé.
Engulo o mar, que me engole.
Valvas, curvos pensamentos, matizes da luz
azul
     completa
sobre formas constituídas.

Bela
a passagem do corpo, sua fusão
no corpo geral do mundo.
Vontade de cantar. Mas tão absoluta
que me calo, repleto.

O ARCO

Que quer o anjo? chamá-la.
Que quer a alma? perder-se.
Perder-se em rudes guianas
para jamais encontrar-se.

Que quer a voz? encantá-lo.
Que quer o ouvido? embeber-se
de gritos blasfematórios
até quedar aturdido.

Que quer a nuvem? raptá-lo.
Que quer o corpo? solver-se,
delir memória de vida
e quanto seja memória.

Que quer a paixão? detê-lo.
Que quer o peito? fechar-se
contra os poderes do mundo
para na treva fundir-se.

Que quer a canção? erguer-se
em arco sobre os abismos.
Que quer o homem? salvar-se,
ao prêmio de uma canção.

ESPECULAÇÕES EM TORNO DA PALAVRA HOMEM

Mas que coisa é homem,
que há sob o nome:
uma geografia?

um ser metafísico?
uma fábula sem
signo que a desmonte?

Como pode o homem
sentir-se a si mesmo,
quando o mundo some?

Como vai o homem
junto de outro homem,
sem perder o nome?

E não perde o nome
e o sal que ele come
nada lhe acrescenta

nem lhe subtrai
da doação do pai?
Como se faz um homem?

Apenas deitar,
copular, à espera
de que do abdômen

brote a flor do homem?
Como se fazer
a si mesmo, antes

de fazer o homem?
Fabricar o pai
e o pai e outro pai

e um pai mais remoto
que o primeiro homem?
Quanto vale o homem?

Menos, mais que o peso?
Hoje mais que ontem?
Vale menos, velho?

Vale menos, morto?
Menos um que outro,
se o valor do homem

é medida de homem?
Como morre o homem,
como começa a?

Sua morte é fome
que a si mesma come?
Morre a cada passo?

Quando dorme, morre?
Quando morre, morre?
A morte do homem

consemelha a goma
que ele masca, ponche
que ele sorve, sono

que ele brinca, incerto
de estar perto, longe?
Morre, sonha o homem?

Por que morre o homem?
Campeia outra forma
de existir sem vida?

Fareja outra vida
não já repetida,
em doido horizonte?

Indaga outro homem?
Por que morte e homem
andam de mãos dadas

e são tão engraçadas
as horas do homem?
mas que coisa é homem?

Tem medo de morte,
mata-se, sem medo?
Ou medo é que o mata

com punhal de prata,
laço de gravata,
pulo sobre a ponte?

Por que vive o homem?
Quem o força a isso,
prisioneiro insonte?

Como vive o homem,
se é certo que vive?
Que oculta na fronte?

E por que não conta
seu todo segredo
mesmo em tom esconso?

Por que mente o homem?
mente mente mente
desesperadamente?

Por que não se cala,
se a mentira fala,
em tudo que sente?

Por que chora o homem?
Que choro compensa
o mal de ser homem?

Mas que dor é homem?
Homem como pode
descobrir que dói?

Há alma no homem?
E quem pôs na alma
algo que a destrói?

Como sabe o homem
o que é sua alma
e o que é alma anônima?

Para que serve o homem?
para estrumar flores,
para tecer contos?

Para servir o homem?
Para criar Deus?
Sabe Deus do homem?

E sabe o demônio?
Como quer o homem
ser destino, fonte?

Que milagre é o homem?
Que sonho, que sombra?
Mas existe o homem?

DESCOBERTA

O dente morde a fruta envenenada
a fruta morde o dente envenenado
o veneno morde a fruta e morde o dente
o dente, se mordendo, já descobre
a polpa deliciosíssima do nada.

ETERNO

E como ficou chato ser moderno.
Agora serei eterno.

Eterno! Eterno!
O Padre Eterno,
a vida eterna,
o fogo eterno.

(*Le silence éternel de ces espaces infinis m'effraie.*)

— *O que é eterno, Yayá Lindinha?*
— *Ingrato! é o amor que te tenho.*

Eternalidade eternite eternaltivamente
       eternuávamos
           eternissíssimo
A cada instante se criam novas categorias do eterno
Eterna é a flor que se fana
se soube florir
é o menino recém-nascido
antes que lhe deem nome
e lhe comuniquem o sentimento do efêmero
é o gesto de enlaçar e beijar
na visita do amor às almas
eterno é tudo aquilo que vive uma fração de segundo
mas com tamanha intensidade que se petrifica e nenhuma força o
                        [resgata

é minha mãe em mim que a estou pensando
de tanto que a perdi de não pensá-la
é o que se pensa em nós se estamos loucos
é tudo que passou, porque passou
é tudo que não passa, pois não houve
eternas as palavras, eternos os pensamentos; e passageiras as obras.
Eterno, mas até quando? é esse marulho em nós de um mar profundo.
Naufragamos sem praia; e na solidão dos botos afundamos.
É tentação e vertigem; e também a pirueta dos ébrios.

Eternos! Eternos, miseravelmente.
O relógio no pulso é nosso confidente.

Mas não quero ser senão eterno.
Que os séculos apodreçam e não reste mais do que uma essência
ou nem isso.
E que eu desapareça mas fique este chão varrido onde passou uma
                                                          [sombra
e que não fique o chão nem fique a sombra
mas que a precisão urgente de ser eterno boie como uma esponja
                                                          [no caos
e entre oceanos de nada
gere um ritmo.

MARALTO

Que coisa é maralto?
O mar que de assalto
cobre toda a vista?
Galo cuja crista
salta em sobressalto
a quem lhe resista?
O mar – que é maralto?

Acaso torre alta
nuvem tronco espanto
de fluido agapanto,
de flores em malta
doida, a cada canto
do mar que se exalta?
Marulho ou maralto?

Mar seco tão alto,
de um íris cambiante
que em azul-cobalto
se volve num salto
e no peito amante
o duro basalto,
a pena constante

de amar vai roendo,
e a sedenta falta

– voz baixa, mar alto
em sal convertendo?
Que outra onda mais alta,
maralto metuendo,
que um amor sofrendo?

Maralto, maraltas!
Quanto mais esmaltas
de espuma esse rosto
branco descomposto,
mais se espremem altas
uvas de teu mosto,
mais vivo é seu gosto.

Maralto fremente
gêiser sob asfalto
puro jato ardente
pranto que se sente
vagando em contralto
veementemente,
alto mar maralto!

Na lívida escama
no agudo ressalto
de teu cosmorama,
quem sabe, maralto,
o que de tão alto,
tão alto, anda falto
no amor de quem ama?

A UM HOTEL EM DEMOLIÇÃO

Vai, Hotel Avenida,
vai convocar teus hóspedes
no plano de outra vida.

Eras vasto vermelho,
em cada quarto havias
um ardiloso espelho.

Nele se refletia
cada figura em trânsito
e o mais que se não lia

nem mesmo pela frincha
da porta: o que um esconde,
polpa do eu, e guincha

sem se fazer ouvir.
E advindo outras faces
em contínuo devir,

o espelho eram mil máscaras
mineiroflumenpau-
listas, boas, más; caras.

50 anos-imagem
e 50 de catre
50 de engrenagem

noturna e confidente
que nos recolhe a úrica
verdade humildemente.

(Pois eras bem longevo, Hotel, e no teu bojo
o que era nojo se sorria, em pó, contigo.)

O tardo e rubro alexandrino decomposto.

Casais entrelaçados no sussurro
do carvão carioca, bondes fagulhando, políticos
politicando em mornos corredores
estrelas italianas, porteiros em êxtase
            cabineiros
em pânico:
por que tanta suntuosidade se encarcera
entre quatro tabiques de comércio?
A bandeja vai tremulargentina:
desejo café geleia matutinos que sei eu.
A mulher estava nua no centro e recebeu-me
com a gravidade própria aos deuses em viagem:
Stellen Sie es auf den Tisch!

Sim, não fui teu quarteiro, nem ao menos
boy em teu sistema de comunicações louça
a serviço da prandial azáfama diurna.
Como é que vivo então os teus arquivos
e te malsinto em mim que nunca estive
em teu registro como estão os mortos
em seus compartimentos numerados?

Represento os amores que não tive
mas em ti se tiveram foice-coice.

Como escorre
escada serra abaixo a lesma
                        das memórias
de duzentos mil corpos que abrigaste
ficha ficha ficha ficha ficha
fichchchchch.
O 137 está chamando
depressa que o homem vai morrer
é aspirina? padre que ele quer?
Não, se ele mesmo é padre e está rezando
por conta dos pecados deste hotel
e de quaisquer outros hotéis pelo caminho
que passa de um a outro homem, que em nenhum
ponto tem princípio ou desemboque;
e é apenas caminho e sempre sempre
se povoa de gestos e partidas
e chegadas e fugas e quilômetros.
Ele reza ele morre e solitária
uma torneira
pinga
e o chuveiro
chuvilha
e a chama
azul do gás silva no banho
sobre o Largo da Carioca em flor ao sol.

(Entre tapumes não te vejo
roto desventrado poluído
imagino-te ileso
emergindo dos sambas dos dobrados da polícia militar, do coro
        [ululante de torcedores do campeonato mundial pelo rádio
a todos oferecendo, Hotel Avenida,
uma palma de cor nunca esbatida.)

Eras o Tempo e presidias
ao febril reconhecimento de dedos
amor sem pouso certo na cidade
à trama dos vigaristas, à esperança
dos empregos, à ferrugem dos governos,
à vida nacional em termos de indivíduo
e a movimentos de massa que vinham espumar
sob a arcada conventual de teus bondes.

Estavas no centro do Brasil,
nostalgias januárias balouçavam
em teu regaço, capangueiros vinham
confiar-te suas pedras, boiadeiros
pastoreavam rebanhos no terraço
e um açúcar de lágrimas caipiras
era ensacado a todo instante em envelopes
(azuis?) nos escaninhos da gerência
e eras tanto café e alguma promissória.

Que professor professa numa alcova
irreal, Direito das Coisas, doutrinando
a baratas que atarefadas não o escutam?
Que flauta insiste na sonatina sem piano
em hora de silêncio regulamentar?
E as manias de moradores antigos
que recebem à noite a visita do prefeito Passos para discutir novas
[técnicas urbanísticas?

E teus mortos
incomparavelmente mortos de hotel fraudados
na morte familiar a que aspiramos
como a um não-morrer-morrido;
mortos que é preciso despachar
rápido, não se contagiem lençóis

294

e guardapires
dessa friúra diversa que os circunda
nem haja nunca memória nesta cama
do que não seja vida na Avenida.

Ouves a ladainha em bolhas intestinas?

Balcão de mensageiros imóveis saveiros
banca de jornais para nunca e mais
alvas lavanderias de que restam estrias
bonbonnières *onde o papel de prata*
faz serenata em boca de mulheres
central telefônica soturnamente afônica
discos lamentação de partidos meniscos
papelarias
conversarias
chope da Brahma louco de quem ama
e o Bar Nacional pura afetividade
súbito ressuscita Mário de Andrade.

Que fazer do relógio
ou fazer de nós mesmos
sem tempo sem mais ponto
sem contraponto sem
medida de extensão
sem sequer necrológio
enquanto em cinza foge o
impaciente bisão
a que ninguém os chifres
sujigou, aflição?
Ele marcava mar-
cava cava cava
e eis-nos sós marcados
de todos os falhados

amores recolhidos
relógio que não ouço
e nem me dá ouvidos
robô de puro olfato
a farejar o imenso
país do imóvel tato
as vias que corri
a teu comando fecham-se
nas travessas em I
nos vagos pesadelos
nos sombrios dejetos
em que nossos projetos
se estratificaram.

A ti não te destroem
como as térmitas papam
livro terra existência.
Eles sim teus ponteiros
vorazes esfarelam
a túnica de Vênus
o de mais o de menos
este verso tatuado
e tudo que hei andado
por te iludir e tudo
que nas arkademias
institutos autárquicos
históricos astutos
se ensina com malícia
sobre o evolver das coisas
ó relógio hoteleiro
deus do cauto mineiro,
     silêncio
     pudicícia.

Mas tudo que moeste
hoje de ti se vinga
       por artes
de pensada mandinga.
Deglutimos teu vidro
abafando a linguagem
que das próprias estilhas
se afadiga em pulsar
o minuto de espera
quando cessa na tarde
a brisa de esperar.

Rangido de criança nascendo.

   Por favor, senhor poeta Martins Fontes, recite mais baixo suas odes enquanto minha senhora acaba de parir no quarto de cima, e o poeta velou a voz, mas quando o bebê aflorou ao mundo é o pai que faz poesia saltarilha e pede ao poeta que eleve o diapasão para celebrarem todos, hóspedes, camareiros e pardais, o grato alumbramento.

   Anoitecias. Na cruz dos quatro caminhos, lá embaixo, apanhadores, ponteiros, engole-listas de sete prêmios repousavam degustando garapa.

   Mujer malvada, yo te mataré! artistas ensaiavam nos quartos? I will grind your bones to dust, and with your blood and it I'll make a paste. Bagaço de cana, lá embaixo.

Todo hotel é fluir. Uma corrente
atravessa paredes, carreando o homem,
suas exalações de substância. Todo hotel
é morte, nascer de novo; passagem; se pombos
nele fazem estação, habitam o que não é de ser habitado
mas apenas cortado. As outras casas prendem
e se deixam possuir ou tentam fazê-lo, canhestras.

O espaço procura fixar-se. A vida se espacializa,
modela-se em cristais de sentimento.
A porta se fecha toda santa noite.
Tu não se encerras, não podes. A cada instante
alguém se despede de teus armários infiéis
e os que chegam já trazem a volta na maleta.
220 Fremdenzimmer e te vês sempre vazio
e o espelho reflete outro espelho
o corredor cria outro corredor
homem quando nudez indefinidamente.

> No centro do Rio de Janeiro
> ausência
> no curral da manada dos bondes
> ausência
> no desfile dos sábados
> no esfregar no repinicar dos blocos
> ausência
> nas cavatinas de Palermo
> no aboio dos vespertinos
> ausência
> verme roendo maçã
> verme roído por verme
> verme autorroído
> roer roendo o roer
> e a ânsia de acabar, que não espera
> o termo veludoso das ruínas
> nem a esvoaçante morte de hidrogênio.

> Eras solidão tamoia
> vir-a-ser de casa
> em vir-a-ser de cidade onde lagartos.

Vem, ó velho Malta
saca-me uma foto
pulvicinza efialta
desse pouso ignoto.

Junta-lhe uns quiosques
mil e novecentos,
nem iaras nem bosques
mas pobres piolhentos.

Põe como legenda
Q u e i j o   I t a t i a i a
e o mais que compreenda
condição lacaia.

Que estas vias feias
muito mais que sujas
são tortas cadeias
conchas caramujas

do burro sem rabo
servo que se ignora
e de pobre diabo
dentro, fome fora.

Velho Malta, *please*,
bate-me outra chapa:
hotel de *marquise*
maior que o rio Apa.

Lá do acento etéreo,
Malta, sub-reptício
inda não te fere o
superedifício

que deste chão surge?
Dá-me seu retrato
futuro, pois urge

documentar as sucessivas posses da terra até o juízo final e mesmo
depois dele se há como três vezes três confiamos que haja um su-
premo ofício de registro imobiliário por cima da instantaneidade
do homem e da pulverização das galáxias.

Já te lembrei bastante sem que amasse
uma pedra sequer de tuas pedras
mas teu nome – A V E N I D A – caminhava
à frente de meu verso e era mais amplo

e mais formas continha que teus cômodos
(o tempo os degradou e a morte os salva),
e onde abate o alicerce ou foge o instante
estou comprometido para sempre.

Estou comprometido para sempre
eu que moro e desmoro há tantos anos
o Grande Hotel do Mundo sem gerência

em que nada existindo de concreto
– avenida, avenida – tenazmente
de mim mesmo sou hóspede secreto.

A INGAIA CIÊNCIA

A madureza, essa terrível prenda
que alguém nos dá, raptando-nos, com ela,
todo sabor gratuito de oferenda
sob a glacialidade de uma estela,

a madureza vê, posto que a venda
interrompa a surpresa da janela,
o círculo vazio, onde se estenda,
e que o mundo converte numa cela.

A madureza sabe o preço exato
dos amores, dos ócios, dos quebrantos,
e nada pode contra sua ciência

e nem contra si mesma. O agudo olfato,
o agudo olhar, a mão, livre de encantos,
se destroem no sonho da existência.

SEGREDO

A poesia é incomunicável.
Fique torto no seu canto.
Não ame.

Ouço dizer que há tiroteio
ao alcance do nosso corpo.
É a revolução? o amor?
Não diga nada.

Tudo é possível, só eu impossível.
O mar transborda de peixes.
Há homens que andam no mar
como se andassem na rua.
Não conte.

Suponha que um anjo de fogo
varresse a face da terra
e os homens sacrificados
pedissem perdão.
Não peça.

VIDA MENOR

A fuga do real,
ainda mais longe a fuga do feérico,
mais longe de tudo, a fuga de si mesmo,
a fuga da fuga, o exílio
sem água e palavra, a perda
voluntária de amor e memória,
o eco
já não correspondendo ao apelo, e este fundindo-se,
a mão tornando-se enorme e desaparecendo
desfigurada, todos os gestos afinal impossíveis,
senão inúteis,
a desnecessidade do canto, a limpeza
da cor, nem braço a mover-se nem unha crescendo.
Não a morte, contudo.

Mas a vida: captada em sua forma irredutível,
já sem ornato ou comentário melódico,
vida a que aspiramos como paz no cansaço
(não a morte),
vida mínima, essencial; um início; um sono;
menos que terra, sem calor; sem ciência nem ironia;
o que se possa desejar de menos cruel: vida
em que o ar, não respirado, mas me envolva;
nenhum gasto de tecidos; ausência deles;
confusão entre manhã e tarde, já sem dor,
porque o tempo não mais se divide em seções; o tempo

elidido, domado.
Não o morto nem o eterno ou o divino,
apenas o vivo, o pequenino, calado, indiferente
e solitário vivo.
Isso eu procuro.

RESÍDUO

De tudo ficou um pouco.
Do meu medo. Do teu asco.
Dos gritos gagos. Da rosa
ficou um pouco.

Ficou um pouco de luz
captada no chapéu.
Nos olhos do rufião
de ternura ficou um pouco
(muito pouco).

Pouco ficou deste pó
de que teu branco sapato
se cobriu. Ficaram poucas
roupas, poucos véus rotos
pouco, pouco, muito pouco.

Mas de tudo fica um pouco.
Da ponte bombardeada,
de duas folhas de grama,
do maço
– vazio – de cigarros, ficou um pouco.

Pois de tudo fica um pouco.
Fica um pouco de teu queixo
no queixo de tua filha.

De teu áspero silêncio
um pouco ficou, um pouco
nos muros zangados,
nas folhas, mudas, que sobem.

Ficou um pouco de tudo
no pires de porcelana,
dragão partido, flor branca,
ficou um pouco
de ruga na vossa testa,
retrato.

Se de tudo fica um pouco,
mas por que não ficaria
um pouco de mim? no trem
que leva ao norte, no barco,
nos anúncios de jornal,
um pouco de mim em Londres,
um pouco de mim algures?
na consoante?
no poço?

Um pouco fica oscilando
na embocadura dos rios
e os peixes não o evitam,
um pouco: não está nos livros.

De tudo fica um pouco.
Não muito: de uma torneira
pinga esta gota absurda,
meio sal e meio álcool,
salta esta perna de rã,
este vidro de relógio

partido em mil esperanças,
este pescoço de cisne,
este segredo infantil...
De tudo ficou um pouco:
de mim; de ti; de Abelardo.
Cabelo na minha manga,
de tudo ficou um pouco;
vento nas orelhas minhas,
simplório arroto, gemido
de víscera inconformada,
e minúsculos artefatos:
campânula, alvéolo, cápsula
de revólver... de aspirina.
De tudo ficou um pouco.

E de tudo fica um pouco.
Oh abre os vidros de loção
e abafa
o insuportável mau cheiro da memória.

Mas de tudo, terrível, fica um pouco,
e sob as ondas ritmadas
e sob as nuvens e os ventos
e sob as pontes e sob os túneis
e sob as labaredas e sob o sarcasmo
e sob a gosma e sob o vômito
e sob o soluço, o cárcere, o esquecido
e sob os espetáculos e sob a morte de escarlate
e sob as bibliotecas, os asilos, as igrejas triunfantes
e sob ti mesmo e sob teus pés já duros
e sob os gonzos da família e da classe,
fica sempre um pouco de tudo.
Às vezes um botão. Às vezes um rato.

MOVIMENTO DA ESPADA

Estamos quites, irmão vingador.
Desceu a espada
e cortou o braço.
Cá está ele, molhado em rubro.
Dói o ombro, mas sobre o ombro
tua justiça resplandece.

Já podes sorrir, tua boca
moldar-se em beijo de amor.
Beijo-te, irmão, minha dívida
está paga.
Fizemos as contas, estamos alegres.
Tua lâmina corta, mas é doce,
a carne sente, mas limpa-se.
O sol eterno brilha de novo
e seca a ferida.

Mutilado, mas quanto movimento
em mim procura ordem.
O que perdi se multiplica
e uma pobreza feita de pérolas
salva o tempo, resgata a noite.
Irmão, saber que és irmão,
na carne como nos domingos.

Rolaremos juntos pelo mar...
Agasalhado em tua vingança,

puro e imparcial como um cadáver que o ar embalsamasse,
serei carga jogada às ondas,
mas as ondas, também elas, secam,
e o sol brilha sempre.

Sobre minha mesa, sobre minha cova, como brilha o sol!
Obrigado, irmão, pelo sol que me deste,
na aparência roubando-o.
Já não posso classificar os bens preciosos.
Tudo é precioso...

                                        e tranquilo
como olhos guardados nas pálpebras.

INTIMAÇÃO

Abre em nome da lei.
Em nome de que lei?
Acaso lei sem nome?
Em nome de que nome
cujo agora me some
se em sonho o soletrei?
Abre em nome do rei.

Em nome de que rei
é a porta arrombada
para entrar o aguazil
que na destra um papel
sinistramente branco
traz, e ao ombro o fuzil?

Abre em nome de til.
Abre em nome de abrir,
em nome de poderes
cujo vago pseudônimo
não é de conferir:
cifra oblíqua na bula
ou dobra na cogula
de inexistente frei.

Abre em nome da lei.
Abre sem nome e lei.

Abre mesmo sem rei.
Abre, sozinho ou grei.
Não, não abras; à força
de intimar-te, repara:
eu já te desventrei.

CANTO NEGRO

À beira do negro poço
debruço-me, nada alcanço.
Decerto perdi os olhos
que tinha quando criança.

Decerto os perdi. Com eles
é que te encarava, preto,
gravura de cama e padre,
talhada em pele, no medo.

Ai, preto, que ris em mim,
nesta roupinha de luto
e nesta noite sem causa,
com saudade das ambacas
que nunca vi, e aonde fui
num cabelo de sovaco.

Preto que vivi, chupando
já não sei que seios moles
mais claros no busto preto
no longo corredor preto
entre volutas de preto
cachimbo em preta cozinha.

Já não sei onde te escondes
que não me encontro nas tuas

312

dobras de manto mortal.
Já não sei, negro, em que vaso,
que vão ou que labirinto
de mim, te esquivas a mim,
e zombas desta gelada
calma vã de suíça e de alma
em que me pranteio, branco,
brinco, bronco, triste blau
de neutro brasão escócio...
Meu preto, o bom era o nosso.

O mau era o nosso. E amávamos
a comum essência triste
que transmutava os carinhos
numa visguenta doçura
de vulva negro-amaranto,
barata! que vosso preço,
ó corpos de antigamente,
somente estava no dom
de vós mesmos ao desejo,
num entregar-se sem pejo
de terra pisada.
       Amada,
talvez não, mas que cobiça
tu me despertavas, linha
que subindo pelo artelho,
enovelando-se no joelho,
dava ao mistério das coxas
uma ardente pulcritude,
uma graça, uma virtude
que nem sei como acabava
entre as moitas e coágulos
da letárgica bacia

onde a gente se pasmava,
se perdia, se afogava
e depois se ressarcia.

Bacia negra, o clarão
que súbito entremostravas
ilumina toda a vida
e por sobre a vida entreabre
um coalho fixo lunar,
neste amarelo descor
das posses de todo dia,
sol preto sobre água fria.

Vejo os garotos na escola,
preto-branco-branco-preto,
vejo pés pretos e uns brancos
dentes de marfim mordente,
o alvor do riso escondendo
outra negridão maior,
o negro central, o negro
que enegrece teu negrume
e que nada mais resume
além dessa solitude
que do branco vai ao preto
e do preto volta pleno
de soluços e resmungos,
como um rancor de si mesmo...

Como um rancor de si mesmo,
vem do preto essa ternura,
essa onda amarga, esse bafo
a rodar pelas calçadas,
famélica voz perdida

numa garrafa de breu,
de pranto ou coisa nenhuma:
esse estar e não estar,
esse não estar já sendo,
esse ir como esse refluir,
dançar de umbigo, litúrgico,
sofrer, brunir bem a roupa
que só um anjo vestira,
se é que os anjos se mirassem,
essa nostalgia rara
de um país antes dos outros,
antes do mito e do sol,
onde as coisas nem de brancas
fossem chamadas, lançando-se
definitivas eternas
coisas bem antes dos homens.

À beira do negro poço
debruço-me; e nele vejo,
agora que não sou moço,
um passarinho e um desejo.

OS DOIS VIGÁRIOS

Há cinquenta anos passados,
Padre Olímpio bendizia,
Padre Júlio fornicava.
E Padre Olímpio advertia
e Padre Júlio triscava.
Padre Júlio excomungava
quem se erguesse a censurá-lo
e Padre Olímpio em seu canto
antes de cantar o galo
pedia a Deus pelo homem.
Padre Júlio em seu jardim
colhia flor e mulher
num contentamento imundo.
Padre Olímpio suspirava,
Padre Júlio blasfemava.
Padre Olímpio, sem leitura
latina, sem ironia,
e Padre Júlio, criatura
de Ovídio, ria, atacava
a chã fortaleza do outro.
Padre Olímpio silenciava.
Padre Júlio perorava,
rascante e politiqueiro.
Padre Olímpio se omitia
e Padre Júlio raptava
patroa e filhas do próximo,

outros filhos lhe aditava.
Padre Júlio responsava
os mortos, pedindo contas
do mal que apenas pensaram
e desmontava filáucias
de altos brasões esboroados
entre moscas defuntórias.
Padre Olímpio respeitava
as classes depois de extintos
os sopros dos mais distintos
festeiros e imperadores.
Se Padre Olímpio perdoava,
Padre Júlio não cedia.
Padre Júlio foi ganhando
com o tempo cara diabólica
e em sua púrpura calva,
em seu mento proeminente,
ardiam brasas. E Padre
Olímpio se desolava
de ver um padre demente
e o Senhor atraiçoado.
E Padre Júlio oficiava
como oficia um demônio
sem que o escândalo esgarçasse
a santidade do ofício.
Padre Olímpio se doía,
muito se mortificava
que nenhum anjo surgisse
a consolá-lo em segredo:
"Olímpio, se é tudo um jogo
do céu com a terra, o desfecho
dorme entre véus de justiça."
Padre Olímpio encanecia

e em sua estrita piedade,
em seu manso pastoreio,
não via, não discernia
a celeste preferência.
Seria por Padre Júlio?
Valorizava-se o inferno?
E sentindo-se culpado
de conceber turvamente
o augustíssimo pecado
atribuído ao Padre Eterno,
sofre-rezando sem tino
todo se penitenciava.
Em suas costas botava
os crimes de Padre Júlio,
refugando-lhe os prazeres.
Emagrecia, minguava,
sem ganhar forma de santo.
Seu corpo se recolhia
à própria sombra, no solo.
Padre Júlio coruscava,
ria, inflava, apostrofava.
Um pecava, outro pagava.
O povo ia desertando
a lição de Padre Olímpio.
Muito melhor escutava
de Padre Júlio as bocagens.
Dois raios, na mesma noite,
os dois padres fulminaram.
Padre Olímpio, Padre Júlio
iguaizinhos se tornaram:
onde o vício, onde a virtude,
ninguém mais o demarcava.
Enterrados lado a lado

irmanados confundidos,
dos dois padres consumidos
juliolímpio em terra neutra
uma flor nasce monótona
que não se sabe até hoje
(cinquenta anos se passaram)
se é de compaixão divina
ou divina indiferença.

ELEGIA

Ganhei (perdi) meu dia.
E baixa a coisa fria
também chamada noite, e o frio ao frio
em bruma se entrelaça, num suspiro.

E me pergunto e me respiro
na fuga deste dia que era mil
para mim que esperava,
os grandes sóis violentos, me sentia
tão rico deste dia
e lá se foi secreto, ao serro frio.

Perdi minha alma à flor do dia ou já perdera
bem antes sua vaga pedraria?
Mas quando me perdi, se estou perdido
antes de haver nascido
e me nasci votado à perda
de frutos que não tenho nem colhia?

Gastei meu dia. Nele me perdi.
De tantas perdas uma clara via
por certo se abriria
de mim a mim, estela fria.
As árvores lá fora se meditam.
O inverno é quente em mim, que o estou berçando,
e em mim vai derretendo
este torrão de sal que está chorando.

Ah, chega de lamento e versos ditos
ao ouvido de alguém sem rosto e sem justiça,
ao ouvido do muro,
ao liso ouvido gotejante
de uma piscina que não sabe o tempo, e fia
seu tapete de água, distraída.

E vou me recolher
ao cofre de fantasmas, que a notícia
de perdidos lá não chegue nem açule
os olhos policiais do amor-vigia.
Não me procurem que me perdi eu mesmo
como os homens se matam, e as enguias
à loca se recolhem, na água fria.

Dia,
espelho de projeto não vivido,
e contudo não viver era tão flamas
na promessa dos deuses; e é tão ríspido
em meio aos oratórios já vazios
em que a alma barroca tenta confortar-se
mas só vislumbra o frio noutro frio.

Meu Deus, essência estranha
ao vaso que me sinto, ou forma vã,
pois que, eu essência, não habito
vossa arquitetura imerecida;
meu Deus e meu conflito,
nem vos dou conta de mim nem desafio
as garras inefáveis: eis que assisto
a meu desmonte palmo a palmo e não me aflijo
de me tornar planície em que já pisam
servos e bois e militares em serviço

da sombra, e uma criança
que o tempo novo me anuncia e nega.

Terra a que me inclino sob o frio
de minha testa que se alonga,
e sinto mais presente quanto aspiro
em ti o fumo antigo dos parentes,
minha terra, me tens; e teu cativo
passeias brandamente
como ao que vai morrer se estende a vista
de espaços luminosos, intocáveis:
em mim o que resiste são teus poros.
E sou meu próprio frio que me fecho
Corto o frio da folha. Sou teu frio.

E sou meu próprio frio que me fecho
longe do amor desabitado e líquido,
amor em que me amaram, me feriram
sete vezes por dia em sete dias
de sete vidas de ouro,
amor, fonte de eterno frio,
minha pena deserta, ao fim de março,
amor, quem contaria?
E já não sei se é jogo, ou se poesia.

POSFÁCIO
DRUMMOND: A SURPRESA RENOVADA
POR ZÉLIA DUNCAN

A poesia não se repete, se reencarna, está sempre começando de novo, a partir de uma nova leitura. Basta abrir as comportas e tudo que é genuinamente poético jorra novamente.

Eu era apenas uma adolescente quando botei os olhos em Drummond, no homem Drummond, pela primeira vez. Não lembro exatamente que idade eu tinha, mas nunca vou esquecer a impressão que me causou. Um homem comum, simples na aparência. Triste? Ou mais pra melancólico? Ou dá na mesma? Não parecia romântico, muito menos rebelde. O "grande" Drummond era então esse homem mirrado, de voz comedida e gestos econômicos? Um funcionário público, todos diziam, como que para demonstrar o quanto ser poeta não dava sustento suficiente, nem para um dos maiores de todos. O maior? O fato é que a aparência, que apressadamente julguei frágil, agigantava-se a cada contato com sua obra. Às vezes numa só frase- -fermento ele já crescia mais um tanto dentro de mim. Então ganhei uma fita cassete com sua própria voz dizendo alguns de seus poemas. Aquilo abalou meus alicerces, aquela voz era dona das palavras que pronunciava, aquela voz madura, dentro daquele homem de olhos pequenos, que não perdiam nada e ainda achavam o que ninguém supunha. Era um som simples, franzino como o dono, sem grandes arroubos, porém fazia o mundo vibrar, como se estivesse lançando um dó de peito numa terra sem melodias.

Quando leio Drummond hoje, conhecendo o timbre de sua voz

nos poemas que pude ouvir, é como se literalmente lêssemos juntos. Um jogral de dois. A poesia já traz em si esse poder de se entranhar na nossa voz e na nossa memória. Em Drummond essa característica se potencializa ainda mais. Ler já é fazer com ele um contracanto. A mão pesada do tempo pode ter levado a presença física do homem franzino, mas nem triscou sua obra robusta. Ela voa livre por aí, reencarnada, grávida de horizontes, e pousa no colo de sua estátua em Copacabana, ao lado da qual tantos de nós eventualmente nos sentamos e confessamos, só pra ela, tudo que ficou.

Nunca havia sido chamada pra escrever no depois. Depois de supostamente lido o livro. Já fiz orelhas, prefácios, *releases*. Mas escrever para alguém que acabou de ler a *Antologia poética*, de Drummond, parecia ser demais pra mim. Talvez o leitor esteja ainda naquele estado de dormência poética, ou de êxtase e epifania, a alguns centímetros do chão, pulando pedras e se transformando em caminhos. Talvez esteja mais amoroso, mais consciente ou meditativo a respeito de si mesmo, a respeito de seus próprios "eus retorcidos", ou mais cidadão do que nunca. Talvez esteja de mudança pra Itabira, ou louco pra tomar um conhaque e uivar pra lua cheia. E eu aqui, na missão de encontrá-lo em um desses estados e ainda achar coisas pra dizer. O que me encoraja é o fato de ser leitora afetada por esse mesmo universo. Portanto o acolho, leitor de Drummond, meu igual. Eu, que também sempre me encantei com tudo que diz respeito a esse poeta. Desde os nomes que escolheu pra cada livro até as imagens que arranca de si e imprime na nossa alma sem esforço.

Se pensarmos que seu livro de estreia, *Alguma poesia*, foi lançado em 1930, que a primeira edição desta *Antologia poética* data de 1962, esta reedição ainda é capaz de nos provocar, da mesma maneira, tanta comoção. Por continuarmos nos debruçando sobre sua obra com tamanho frescor, falar sobre contemporaneidade é quase uma redundância. E não se trata apenas disso, trata-se de ter nas mãos versos que nos dizem respeito sempre, porque nos tocam em lugares profundos, humanos e brasileiros. A modernidade de Drummond não está simplesmente na maneira como se despoja de rimas e métricas ou como faz dos versos livres seus maiores aliados. Está também em conhecer muito bem as regras e os modelos para produzi-los com simetria, como podemos constatar em certos sonetos de seu livro *Claro enigma* (1951), e que aqui ele deixa escapulir em "Entre o ser e as coisas", "Fraga e sombra" e, na mesma seção, as redondilhas dos tercetos de "Memória" brincam com nossos ritmos.

Eu queria ser uma lasquinha da madeira que compunha a mesa onde o poeta se debruçou para escolher, escavar, dentre o que criou, o que saltaria de um livro pro outro, criando mais um livro original para sua vasta bibliografia. É a proposta de uma inédita jornada, saindo das mãos de quem pavimentou todas as estradas. Drummond separou os poemas por assuntos, apostou num conjunto que, por mais que leitores mais assíduos pudessem intuí-las, não chegariam sozinhos a essas conexões tão particulares entre os livros. Os nomes que deu a cada parte já anunciam outras percepções do poeta sobre sua obra com o passar do tempo. E ainda guiam nosso sentimento de uma maneira sutil. É como se nos sugerisse um quebra-cabeça, resolvido por ele mesmo nas diferentes conexões com seus diversos momentos, nos (re)apresentando e nos presenteando com o que é, com o que poderia ter sido e ainda com o vir a ser. Estamos aqui lidando com sua obra sem fim, lendo este livro sem nos importarmos muito com o lugar de onde saiu cada poema e, melhor, sem lembrar que nasceram em livros distintos. A surpresa renovada.

São nove seções: 1) Um eu todo retorcido; 2) Uma província: esta; 3) A família que me dei; 4) Cantar de amigos; 5) Na praça de convites; 6) Amar-amaro; 7) Poesia contemplada; 8) Uma, duas argolinhas; e 9) Tentativa de exploração e de interpretação do estar-no--mundo. Nove pistas, ou caminhos, rumo a uma ordem outra, a partir de doze de seus livros. Mas que ordem seria essa? Em seu pequeno texto sobre a primeira edição, o autor fala de "tendências" entre os livros, tendências essas que seriam pontos comuns, convergências, que representariam um "espelho mais fiel" dele mesmo. É sempre interessante observar que Drummond não se impôs nenhum rigor com a cronologia, mas inventou um tempo para que esses poemas se encontrassem agrupados assim, tantos anos depois de ter começado seu ofício cuidadoso de esculpir palavras.

Impossível não fazer uma pequena analogia do desenho deste livro com um roteiro musical, o roteiro de um show. Ele pisa no palco, com uma de suas mais conhecidas obras, seu primeiro abre-alas, aquela que estava em seu livro de estreia. A abertura já aterrissa consagrada, com aquele que se tornou um de seus grandes *hits*, o "Poema de sete faces". É como uma celebração que já começa com o que pertence a todos. Com o que imediatamente faz a ponte com o público, que desde os primeiros "acordes" se entrega e faz um afinado coro com o poeta-pop, o adorável cantor *gauche* na vida. A identificação é imediata, o público já se sente feliz por ter comparecido ao evento. Ao jogar luz também nos poemas menos festejados, agiu como um astuto compositor-cantor que, por considerar tanto seu público, traz à tona o que entende como relevante e, mesmo assim, pouco visto, misturado aos sucessos que o identificam junto à multidão. É preciso ter um vasto repertório, tão vasto quanto seu vasto coração, para fortalecer o seu roteiro. E seu público estará, através dos tempos, na mesma posição, aplaudindo-o de pé.

CRONOLOGIA
NA ÉPOCA DO LANÇAMENTO
(1959-1965)

1959

CDA:

– Defende a permanência do túmulo de Machado de Assis na Academia Brasileira de Letras, diante da possibilidade de ele ser transferido para um mausoléu no cemitério São João Batista.

– Publica a antologia *Poemas,* pela Editora José Olympio. O livro tem seu texto de capa escrito pelo próprio autor, no que ele chamou de "poema-orelha": "Esta é a orelha do livro / por onde o poeta escuta / se dele falam mal / ou se o amam. [...] A orelha pouco explica / de cuidados terrenos; / e a poesia mais rica / é um sinal de menos." O volume inclui os poemas inéditos de *A vida passada a limpo.*

– Publica pela Editora Agir *Dona Rosita, a solteira,* sua tradução da peça de Federico García Lorca, pela qual recebe o Prêmio Padre Ventura.

Literatura brasileira:

– J. J. Veiga estreia na literatura com o livro de contos *Os cavalinhos de Platiplanto.*

– Vinicius de Moraes lança *Novos poemas II.*

– Jorge Amado lança a novela *A morte e a morte de Quincas Berro D'Água.*

331

Vida nacional:

– A Bossa Nova firma-se como movimento musical de renovação do samba, com o lançamento do LP *Chega de saudade*, de João Gilberto.
– Fidel Castro visita o Brasil.
– O governador Leonel Brizola estatiza, no Rio Grande do Sul, os ativos da Companhia Elétrica Rio-Grandense, filial da empresa de energia norte-americana Eletric Bond and Share Company.
– Juscelino Kubitschek rompe com o Fundo Monetário Internacional (FMI).
– Falece o compositor e regente Heitor Villa-Lobos, em 17 de novembro. Além de ter musicado "Viagem na família", ele também havia composto uma peça a partir de "Cantiga de viúvo", ambos poemas de Drummond.

Mundo:

– Os revolucionários cubanos, comandados por Fidel Castro desde 1953, tomam a capital Havana.
– A nave não tripulada soviética Luna 2 choca-se contra a superfície lunar, em uma experiência sobre o comportamento dos gases no espaço. Foi o primeiro objeto criado por humanos a atingir outro corpo celeste.

1960

CDA:

– Traduz o livro *Oiseaux-mouches orthorynques du Brésil*, de Jean Théodore Descourtilz, com o título *Beija-flores do Brasil,* publicado pela Biblioteca Nacional.

– Colabora na revista *O Mundo Ilustrado*, semanário de notícias e variedades.

– Propõe ao amigo e escritor Cyro dos Anjos, pouco antes da aposentadoria de ambos, a criação de uma Agência de Publicidade Intelectual: "Temos tanta experiência acumulada em gerir interesses de outrem, por que não aplicá-la em proveito de nós mesmos? [...] Redigir é o nosso forte, e ganhar dinheiro, o nosso lado incompetente" (em *Os sapatos de Orfeu*, de José Maria Cançado).

– Nasce seu terceiro neto, Pedro Augusto, em Buenos Aires.

Literatura brasileira:

– *Metal Rosicler*, de Cecília Meireles, é publicado.

– Marcos Rey lança seu primeiro romance, *Café na cama*.

– Manuel Bandeira publica o livro de poemas *Estrela da tarde*.

– João Cabral de Melo Neto publica *Dois parlamentos* e *Quaderna*.

– Clarice Lispector publica o livro de contos *Laços de família*.

Vida nacional:

– O presidente norte-americano Dwight D. Eisenhower visita o Brasil.

– Inauguração de Brasília.

Mundo:

– Invenção da pílula anticoncepcional.

– Togo, Senegal, Mali e a República Democrática do Congo tornam-se países independentes.

– Fidel Castro nacionaliza todas a empresas norte-americanas em Cuba.

– Criação da Organização dos Países Exportadores de Petróleo (OPEP).

– John Kennedy é eleito presidente dos Estados Unidos.

– Criação da Universidade Federal Fluminense (UFF), no Rio de Janeiro.

– Falece Rafael Trujillo, o sanguinário ditador da República Dominicana, em 30 de maio.

1961

CDA:

– Falece Blaise Cendrars, com quem Drummond tivera contato em abril de 1924, quando os modernistas de São Paulo o levaram a Belo Horizonte.
– Colabora no programa *Quadrante*, na Rádio Ministério da Educação, juntamente com Cecília Meireles, Dinah Silveira de Queiroz, Fernando Sabino, Manuel Bandeira, Paulo Mendes Campos e Rubem Braga.
– Falece seu irmão Altivo, em 3 de junho.
– Por ato do presidente Jânio Quadros, é nomeado membro da Comissão de Literatura do Conselho Nacional de Cultura, porém afasta-se do órgão logo após as primeiras reuniões.

Literatura brasileira:

– Nélida Piñon estreia na literatura com o romance *Guia-mapa de Gabriel Arcanjo*.
– Murilo Mendes publica o livro *Siete poemas inéditos*.
– Autran Dourado publica o romance *A barca dos homens*.
– É lançado o romance *A maçã no escuro*, de Clarice Lispector.

Vida nacional:

– Meses depois de tomar posse, Jânio Quadros renuncia à Presidência da República. Em meio a grave crise institucional, João Goulart assume. Como forma de minar seu poder, instaura-se um regime parlamentarista, que duraria até 1963.

– Brasil restabelece relações diplomáticas com a União Soviética, rompidas em 1947.

Mundo:

– O astronauta russo Yuri Gagarin dá uma volta completa em órbita ao redor da Terra. Foi o primeiro ser humano a viajar pelo espaço.
– Fidel Castro proclama Cuba uma República socialista. Rechaça, na baía dos Porcos, uma invasão de exilados anticastristas, comandados por norte-americanos. Rompe relações diplomáticas com os Estados Unidos.
– O papa João XXIII publica a encíclica *Mater et Magistra*, que trata da recente evolução da questão social à luz da doutrina cristã.
– Alemanha Oriental ergue o muro de Berlim, símbolo da Guerra Fria.
– Martin Luther King realiza campanha antirracista nos Estados Unidos.

1962

CDA:

– Publica *Antologia poética,* pela Editora do Autor.
– Publica *Lição de coisas,* pela Editora José Olympio, em abril, e dá-se uma renovação em sua poesia. Escreve o biógrafo José Maria Cançado: "Sua poesia, seu pensamento e seu coração voltavam a ser o lugar do justo." Segundo os críticos, trata-se de um dos "clássicos" da poesia drummondiana.
– Muda-se da casa na rua Joaquim Nabuco, onde viveu durante 21 anos, para um apartamento na rua Conselheiro Lafaiete, em Copacabana.
– Assiste ao filme *Morangos silvestres*, de Ingmar Bergman, e faz uma aposta com o editor José Olympio para ver quem gostou mais. Como Drummond viu o filme nove vezes, ganhou a aposta.

– Traduz as peças *L'Oiseau bleu*, de Maurice Maeterlinck, com o título *O pássaro azul* para a Coleção dos Prêmios Nobel de Literatura, da Editora Delta, e *Les Fourberies de Scapin,* de Molière, com o título *As artimanhas de Scapino.* Tendo publicado esta última pelo Ministério da Educação, recebeu, mais uma vez, o Prêmio Padre Ventura.

– Fernando Sabino e Rubem Braga publicam, pela Editora do Autor, a coletânea de crônicas *Quadrante I,* reunindo textos dos autores que haviam tomado parte no programa homônimo da Rádio Ministério da Educação, um ano antes. Na tarde de autógrafos, Drummond é flagrado por Fernando Sabino autografando alguns exemplares com o nome de Manuel Bandeira.

– Publica a coletânea de crônicas *A bolsa & a vida,* pela Editora do Autor.

– Aposenta-se como chefe de seção de história da Diretoria do Patrimônio Histórico e Artístico Nacional, após 35 anos de serviço público, e recebe carta de louvor do ministro da Educação, Oliveira Brito.

Literatura brasileira:

– É lançada a *Antologia Noigandres,* que reúne os fundadores do movimento concreto na poesia brasileira: Augusto e Haroldo de Campos, Décio Pignatari, Ronaldo Azeredo e José Lino Grünewald.

– João Guimarães Rosa publica o livro *Primeiras estórias.*

– Cecília Meireles publica o livro *Poesia de Israel.*

– Ferreira Gullar publica dois poemas de cordel: "João Boa-Morte, cabra marcado para morrer" e "Quem matou Aparecida?".

Vida nacional:

– Em 6 de fevereiro, falece o pintor Candido Portinari, grande amigo de Drummond, que sobre ele escreveu: "A mão sabe a cor da cor / e com ela veste o nu e o invisível." (do poema "A mão", em *Lições de coisas.*

– É fundado o Partido Comunista do Brasil (PCdoB), uma dissidência do Partido Comunista Brasileiro (PCB).

– O Brasil conquista a Palma de Ouro no Festival Internacional de Cannes, com o filme *O pagador de promessas*, de Anselmo Duarte.

– O Brasil vence a Copa do Mundo no Chile e torna-se bicampeão mundial de futebol.

– É criado o Ministério do Planejamento. O economista Celso Furtado é empossado ministro.

Mundo:

– Cuba é expulsa da Organização dos Estados Americanos (OEA).

– É proclamada a independência da Argélia, após 8 anos de guerra contra a França.

– O papa João XXIII abre o Concílio Ecumênico Vaticano II.

– Dias após a deflagração da crise dos mísseis nucleares em Cuba, o presidente John Kennedy e Nikita Kruchev, o secretário-geral do Partido Comunista soviético, chegam a um acordo.

– ONU vota resolução contra a política do apartheid na África do Sul.

– Fim da escravidão na Arábia Saudita.

– Estados Unidos e União Soviética assinam acordo de utilização pacífica do espaço e instalam o "telefone vermelho", uma linha direta entre Washington e Moscou.

1963

CDA:

– Em fevereiro, John Nist, professor da Universidade do Arizona e introdutor da literatura modernista brasileira nos Estados Unidos, lança a candidatura de Drummond para o Prêmio Nobel de Literatura.

– Traduz o livro *Sult*, de Knut Hamsun, com o título *Fome*, para a Coleção Prêmio Nobel de Literatura, da Editora Delta.

– Recebe, pelo livro *Lição de coisas*, os prêmios Fernando Chinaglia, da União Brasileira de Escritores, e Luísa Cláudio de Souza, do PEN Clube do Brasil.

– Fernando Sabino publica, pela Editora do Autor, a coletânea de crônicas *Quadrante II*, com o mesmo elenco de autores do volume lançado em 1962.

– Inicia o programa *Cadeira de Balanço*, na Rádio do Ministério da Educação.

– Colabora no programa *Vozes da Cidade*, criado por Murilo Miranda, na Rádio Roquete Pinto.

– Viaja para a Argentina com a esposa Dolores, a fim de passar uma temporada com a filha Maria Julieta e sua família.

Literatura brasileira:

– Nélida Piñon publica o romance *Madeira feita cruz*.

– Rubem Fonseca estreia na literatura com o livro de contos *Os prisioneiros*.

– João Antônio estreia na literatura com o livro de contos *Malagueta, Perus e Bacanaço*.

– Marcos Rey publica o romance *A última corrida*.

Vida nacional:

– Plebiscito derrota o regime parlamentarista e marca a volta ao presidencialismo no Brasil.

– Beatles lançam *Please please me*, seu primeiro LP.

– O general Castello Branco assume o comando do Estado-Maior do Exército.

– Greve nacional reúne os trabalhadores ferroviários, aeroviários e marítimos. Os bancários fazem greve em setembro.

– Fundação da Confederação Nacional dos Trabalhadores na Agricultura (Contag).

Mundo:

– Criação da Organização da Unidade Africana (OUA).
– Falecimento do papa João XXIII e posse do papa Paulo VI.
– China e União Soviética rompem relações diplomáticas.
– Martin Luther King lidera passeata de 200 mil pessoas em Washington, reivindicando direitos civis para os afro-americanos.
– Proclamação da República da Nigéria.
– O presidente dos Estados Unidos, John Kennedy, é assassinado em Dallas.

1964

CDA:

– Depõe em inquéritos policial-militares, devido a amizade que mantinha com perseguidos pelo recém-implantado regime militar, entre eles Carlos Heitor Cony, seu colega no *Correio da Manhã*.
– É publicada sua *Obra completa* na Editora Nova Aguilar, com estudo crítico de Emanuel de Moraes, fortuna crítica, cronologia e bibliografia.
– Inicia sua participação no "Sabadoyle", reunião semanal, realizada aos sábados, na biblioteca de seu amigo Plínio Doyle.
– Falece o escritor Aníbal Machado, em 20 de janeiro.
– Falece seu velho amigo, o poeta Álvaro Moreyra, em 12 de setembro.
– Falece a poeta Cecília Meireles, também sua amiga, em 9 de novembro.

Literatura brasileira:

– Autran Dourado publica a novela *Uma vida em segredo*.
– Clarice Lispector publica o romance *A paixão segundo G. H.* e o livro de contos *Legião estrangeira*.

Vida nacional:

– Comício da Central do Brasil, com discurso do presidente João Goulart, reúne 200 mil pessoas no Rio de Janeiro.
– A Marcha da Família com Deus pela Liberdade, contra o governo de João Goulart, reúne 500 mil pessoas em São Paulo.
– O golpe de 1964 instaura a ditadura militar, que duraria mais de vinte anos. O Ato Institucional nº 1 cassa os direitos políticos de 102 pessoas. Posse do general Castelo Branco como presidente da República.
– Brasil rompe relações diplomáticas com Cuba.
– Criação do Serviço Nacional de Informações (SNI), comandado pelo general Golbery do Couto e Silva.
– Criação do Banco Nacional de Habitação (BNH).
– O presidente francês, general Charles De Gaulle, visita o Brasil.
– O balneário de Armação dos Búzios torna-se uma referência turística após a visita da atriz francesa Brigitte Bardot.

Mundo:

– Criação da Organização para a Libertação da Palestina (OLP), reunindo treze países árabes.
– Senado norte-americano aprova lei sobre os direitos civis da população afro-americana.
– A inglesa Mary Quant lança a moda da minissaia.
– Martin Luther King ganha o Prêmio Nobel da Paz.
– Golpe de Estado no Peru perpetrado pelo general de aviação René Barrientos Ortuño.

1965

CDA:

– Publica, com Manuel Bandeira, *Rio de Janeiro em verso & prosa*, pela Editora José Olympio, na comemoração do IV Centenário do Rio de Janeiro. Reunião de textos sobre a capital fluminense, é considerado hoje um livro raro e disputado entre os bibliófilos.

– Falece seu amigo, o poeta Augusto Frederico Schmidt, em 8 de fevereiro.

– Publicação de *Antologia poética*, em Portugal, pela Editora Portugália, com seleção e prefácio do professor de literatura portuguesa Massaud Moisés.

– É publicada nos Estados Unidos, pela Editora da Universidade do Arizona, a antologia *In The Middle of The Road: Selected Poems*, com organização e tradução de John Nist.

– Publicação da antologia *Poesie*, em Frankfurt, Alemanha, pela Editora Suhrkamp, com texto bilíngue e tradução e posfácio de Curt Meyer-Clason.

– Participa da antologia *Vozes da cidade*, junto com Cecília Meireles, Genolino Amado, Henrique Pongetti, Maluh de Ouro Preto, Manuel Bandeira e Rachel de Queiroz, publicada pela Editora Record.

– Colabora na revista *Pulso*.

– Concluído o filme *O padre e a moça*, do diretor Joaquim Pedro de Andrade, baseado no poema "O padre, a moça", do livro *Lição de coisas*.

Literatura brasileira:

– Dalton Trevisan publica seu livro de contos *O vampiro de Curitiba*.

– Rubem Fonseca lança seu segundo livro de contos, *A coleira do cão*.

Vida nacional:

– O governo militar cancela concessão da empresa aérea Panair do Brasil.

– Fundação da Rede Globo de Televisão.

– Classe artística protesta contra a censura, diante das ameaças à peça *Liberdade, liberdade*.

– O Ato Institucional nº 2 extingue partidos políticos, reabre processos de cassações e impõe eleições indiretas para presidente.

– Polícia invade e fecha a Universidade de Brasília.

Mundo:

– Assassinato do líder negro Malcolm X, nos Estados Unidos.

– Os Estados Unidos entram na Guerra do Vietnã. O envio de tropas norte-americanas causa protestos em todo o mundo.

– Início da Segunda Guerra da Caxemira, entre Índia e Paquistão.

– Afro-americanos conquistam o direito ao voto nos Estados Unidos.

– Che Guevara deixa Cuba para "lutar contra o imperialismo em outros países do mundo".

BIBLIOGRAFIA DE
CARLOS DRUMMOND DE ANDRADE

POESIA:

Alguma poesia. Belo Horizonte: Edições Pindorama, 1930.

Brejo das almas. Belo Horizonte: Os Amigos do Livro, 1934.

Sentimento do mundo. Rio de Janeiro: Pongetti, 1940.

Poesias. Rio de Janeiro: José Olympio, 1942. [*Alguma poesia, Brejo das almas, Sentimento do mundo, José.*]*

A rosa do povo. Rio de Janeiro: José Olympio, 1945.

Poesia até agora. Rio de Janeiro: José Olympio, 1948. [*Alguma poesia, Brejo das almas, Sentimento do mundo, José, A rosa do povo, Novos poemas.*]

Claro enigma. Rio de Janeiro: José Olympio, 1951.

Viola de bolso. Rio de Janeiro: Serviço de Documentação do MEC, 1952.

Fazendeiro do ar & Poesia até agora. Rio de Janeiro: José Olympio, 1954.

Viola de bolso novamente encordoada. Rio de Janeiro: José Olympio, 1955.

50 poemas escolhidos pelo autor. Rio de Janeiro: Serviço de Documentação do MEC, 1956.

---

* A presente bibliografia de Carlos Drummond de Andrade restringe-se às primeiras edições de seus livros, excetuando obras renomeadas. Nos casos em que os livros não tiveram primeira edição independente, os respectivos títulos aparecem entre colchetes juntamente com os demais a compor a coletânea na qual vieram a público pela primeira vez. [*N. do E.*]

Poemas. Rio de Janeiro: José Olympio, 1959. [*Alguma poesia, Brejo das almas, Sentimento do mundo, José, A rosa do povo, Novos poemas, Claro enigma, Fazendeiro do ar* e *A vida passada a limpo*.]

Antologia poética. Rio de Janeiro: Editora do Autor, 1962.

Lição de coisas. Rio de Janeiro: José Olympio, 1962.

José & outros. Rio de Janeiro: José Olympio, 1967. [*José, Novos poemas, Fazendeiro do ar, A vida passada a limpo, 4 poemas, Viola de bolso II*.]

Versiprosa. Rio de Janeiro: José Olympio, 1967.

Boitempo & A falta que ama. [*(In) Memória – Boitempo I*]. Rio de Janeiro: Sabiá, 1968.

Reunião: 10 livros de poesia. Introdução de Antonio Houaiss. Rio de Janeiro: José Olympio, 1969. [*Alguma poesia, Brejo das almas, Sentimento do mundo, José, A rosa do povo, Novos poemas, Claro enigma, Fazendeiro do ar, A vida passada a limpo, Lição de coisas* e *4 poemas*.]

As impurezas do branco. Rio de Janeiro: José Olympio, 1973.

Menino antigo (*Boitempo II*). Rio de Janeiro: José Olympio; Brasília: Instituto Nacional do Livro, 1973.

Esquecer para lembrar (*Boitempo III*). Rio de Janeiro: José Olympio, 1979.

A paixão medida. Ilustrações de Emeric Marcier. Rio de Janeiro: Alumbramento, 1980.

Nova reunião: 19 livros de poesia. 2 vols. Rio de Janeiro: José Olympio; Brasília: Instituto Nacional do Livro, 1983.

O elefante. Ilustrações de Regina Vater. Rio de Janeiro: Record, 1983.

Corpo. Ilustrações de Carlos Leão. Rio de Janeiro: Record, 1984.

Amar se aprende amando. Capa de Anna Leticya. Rio de Janeiro: Record, 1985.

Boitempo I e II. Rio de Janeiro: Record, 1987.

Poesia errante: derrames líricos (e outros nem tanto, ou nada). Rio de Janeiro: Record, 1988.

O amor natural. Ilustrações de Milton Dacosta. Rio de Janeiro: Record, 1992.

Farewell. Vinhetas de Pedro Augusto Graña Drummond. Rio de Janeiro: Record, 1996.

Poesia completa: volume único. Fixação de texto e notas de Gilberto Mendonça Teles. Introdução de Silviano Santiago. Rio de Janeiro: Nova Aguilar, 2002.

Declaração de amor, canção de namorados. Organização de Pedro Augusto Graña Drummond e Luis Mauricio Graña Drummond. Rio de Janeiro: Record, 2005.

Versos de circunstância. Organização de Eucanaã Ferraz. São Paulo: Instituto Moreira Salles, 2011.

Nova reunião: 23 livros de poesia. 3 vols. Rio de Janeiro: BestBolso, 2013.

CONTO:

O gerente. Rio de Janeiro: Horizonte, 1945.

Contos de aprendiz. Rio de Janeiro: José Olympio, 1951.

70 historinhas. Rio de Janeiro: José Olympio, 1978.

Contos plausíveis. Ilustrações de Irene Peixoto e Márcia Cabral. Rio de Janeiro: José Olympio; Editora JB, 1981.

Histórias para o rei. Rio de Janeiro: Record, 1997.

CRÔNICA:

Fala, amendoeira. Rio de Janeiro: José Olympio, 1957.

A bolsa & a vida. Rio de Janeiro: Editora do Autor, 1962.

Para gostar de ler. Com Fernando Sabino, Paulo Mendes Campos e Rubem Braga. Rio de Janeiro: Editora do Autor, 1962.

Quadrante. Com Cecília Meireles, Dinah Silveira de Queiroz, Fernando Sabino, Manuel Bandeira, Paulo Mendes Campos e Rubem Braga. Rio de Janeiro: Editora do Autor, 1962.

Quadrante II. Com Cecília Meireles, Dinah Silveira de Queiroz, Fernando Sabino, Manuel Bandeira, Paulo Mendes Campos e Rubem Braga. Rio de Janeiro: Editora do Autor, 1962.

Cadeira de balanço. Rio de Janeiro: José Olympio, 1966.

Caminhos de João Brandão. Rio de Janeiro: José Olympio, 1970.

O poder ultrajovem. Rio de Janeiro: José Olympio, 1972.

De notícias & não notícias faz-se a crônica: histórias, diálogos, divagações. Rio de Janeiro: José Olympio, 1974.

Os dias lindos. Rio de Janeiro: José Olympio, 1977.

Crônica das favelas cariocas. Rio de Janeiro: [edição particular], 1981.

Boca de luar. Rio de Janeiro: Record, 1984.

Crônicas 1930-1934. Crônicas de Drummond assinadas com os pseudônimos Antônio Crispim e Barba Azul. *Revista do Arquivo Público Mineiro*, Belo Horizonte, ano XXXV, 1984.

Moça deitada na grama. Rio de Janeiro: Record, 1987.

Autorretrato e outras crônicas. Seleção de Fernando Py. Rio de Janeiro: Record, 1989.

Quando é dia de futebol. Organização de Pedro Augusto Graña Drummond e Luis Mauricio Graña Drummond. Rio de Janeiro: Record, 2002.

Receita de Ano Novo. Organização de Pedro Augusto Graña Drummond e Luis Mauricio Graña Drummond. Ilustrações de Mariana Massarani. Rio de Janeiro: Record, 2008.

OBRA REUNIDA:

Obra completa. Estudo crítico de Emanuel de Moraes, fortuna crítica, cronologia e bibliografia. Rio de Janeiro: Nova Aguilar, 1964.

Poesia completa e prosa. Estudo crítico de Emanuel de Moraes, fortuna crítica, cronologia e bibliografia. Rio de Janeiro: Nova Aguilar, 1973.

Poesia e prosa. Estudo crítico de Emanuel de Moraes, fortuna crítica, cronologia e bibliografia. Rio de Janeiro: Nova Aguilar, 1979.

ENSAIO E CRÍTICA:

Confissões de Minas. Rio de Janeiro: Americ-Edit, 1944.

García Lorca e a cultura espanhola. Rio de Janeiro: Ateneu Garcia Lorca, 1946.

Passeios na ilha: divagações sobre a vida literária e outras matérias. Rio de Janeiro: Simões, 1952.

O observador no escritório. Rio de Janeiro: Record, 1985.

O avesso das coisas: aforismos. Ilustrações de Jimmy Scott. Rio de Janeiro: Record, 1987.

Conversa de livraria 1941 e 1948. Reunião de textos assinados sob os pseudônimos de O Observador Literário e Policarpo Quaresma, Neto. Porto Alegre: AGE; São Paulo: Giordano, 2000.

Amor nenhum dispensa uma gota de ácido: escritos de Carlos Drummond de Andrade sobre Machado de Assis. Organização de Hélio de Seixas Guimarães. São Paulo: Três Estrelas, 2019.

INFANTIL:

O pipoqueiro da esquina. Ilustrações de Ziraldo. Rio de Janeiro: Codecri, 1981.

História de dois amores. Ilustrações de Ziraldo. Rio de Janeiro: Record, 1985.

O sorvete e outras histórias. São Paulo: Ática, 1993.

A cor de cada um. Rio de Janeiro: Record, 1996.

A senha do mundo. Rio de Janeiro: Record, 1996.

Criança dagora é fogo. Rio de Janeiro: Record, 1996.

Vó caiu na piscina. Rio de Janeiro: Record, 1996.

Rick e a girafa. Ilustrações de Maria Eugênia. São Paulo: Ática, 2001.

Menino Drummond. Ilustrações de Angela Lago. São Paulo: Companhia das Letrinhas, 2021.

O gato solteiro e outros bichos. Organização de Pedro Augusto Graña Drummond. Rio de Janeiro: Record, 2022.

BIBLIOGRAFIA SOBRE CARLOS DRUMMOND DE ANDRADE
(SELETA)

ACHCAR, Francisco. *A rosa do povo & Claro enigma*: roteiro de leitura. São Paulo: Ática, 1993.

AGUILERA, Maria Veronica Silva Vilariño. *Carlos Drummond de Andrade*: a poética do cotidiano. Rio de Janeiro: Expressão e Cultura, 2002.

AMZALAK, José Luiz. *De Minas ao mundo vasto mundo*: do provinciano ao universal na poética de Carlos Drummond de Andrade. São Paulo: Navegar, 2003.

ANDRADE, Carlos Drummond; SARAIVA, Arnaldo (orgs.). *Uma pedra no meio do caminho*: biografia de um poema. Apresentação de Arnaldo Saraiva. Rio de Janeiro: Editora do Autor, 1967.

ARQUIVO-MUSEU DE LITERATURA BRASILEIRA. *Inventário do Arquivo Carlos Drummond de Andrade*. Apresentação de Eliane Vasconcelos. Rio de Janeiro: Fundação Casa de Rui Barbosa, 1998.

ARRIGUCCI JR., Davi. *Coração partido*: uma análise da poesia reflexiva de Drummond. São Paulo: Cosac Naify, 2002.

BARBOSA, Rita de Cássia. *Poemas eróticos de Carlos Drummond de Andrade*. São Paulo: Ática, 1987.

BISCHOF, Betina. *Razão da recusa*: um estudo da poesia de Carlos Drummond de Andrade. São Paulo: Nankin, 2005.

BOSI, Alfredo. *Três leituras*: Machado, Drummond, Carpeaux. São Paulo: 34, 2017.

BRASIL, Assis. *Carlos Drummond de Andrade*: ensaio. Rio de Janeiro: Livros do Mundo Inteiro, 1971.

BRAYNER, Sônia (org.). *Carlos Drummond de Andrade*. Coleção Fortuna Crítica 1. Rio de Janeiro: Civilização Brasileira, 1977.

CAMILO, Vagner. *Drummond*: da rosa do povo à rosa das trevas. São Paulo: Ateliê, 2001.

CAMINHA, Edmílson (org.). *Drummond*: a lição do poeta. Teresina: Corisco, 2002.

_____. *O poeta Carlos & outros Drummonds*. Brasília: Thesaurus, 2017.

CAMPOS, Haroldo de. *A máquina do mundo repensada*. São Paulo: Ateliê, 2000.

CAMPOS, Maria José. *Drummond e a memória do mundo*. Belo Horizonte: Anome Livros, 2010.

CANÇADO, José Maria. *Os sapatos de Orfeu*: biografia de Carlos Drummond de Andrade. São Paulo: Scritta, 1993.

CARVALHO, Leda Maria Lage. *O afeto em Drummond*: da família à humanidade. Itabira: Dom Bosco, 2007.

CHAVES, Rita. *Carlos Drummond de Andrade*. São Paulo: Scipione, 1993.

COÊLHO, Joaquim-Francisco. *Terra e família na poesia de Carlos Drummond de Andrade*. Belém: Universidade Federal do Pará, 1973.

CORREIA, Marlene de Castro. *Drummond*: a magia lúcida. Rio de Janeiro: Jorge Zahar, 2002.

COSTA, Francisca Alves Teles. *O constante diálogo na poesia de Carlos Drummond de Andrade*. Fortaleza: Secretaria de Cultura e Desporto, 1987.

COUTO, Ozório. *A mesa de Carlos Drummond de Andrade*. Ilustrações de Yara Tupynambá. Belo Horizonte: ADI Edições, 2011.

CRUZ, Domingos Gonzalez. *No meio do caminho tinha Itabira*: a presença de Itabira na obra de Carlos Drummond de Andrade. Rio de Janeiro: Achiamé; Calunga, 1980.

CUNHA, Maria Antonieta Antunes. *O discurso indireto livre em Carlos Drummond de Andrade*. Belo Horizonte: Imprensa Oficial, 1971.

_____. *Carlos Drummond de Andrade*. São Paulo: Moderna, 2006.

CURY, Maria Zilda Ferreira. *Horizontes modernistas*: o jovem Drummond e seu grupo em papel jornal. Belo Horizonte: Autêntica, 1998.

DALL'ALBA, Eduardo. *Drummond*: a construção do enigma. Caxias do Sul: EDUCS, 1998.

_____. *Noite e música na poesia de Carlos Drummond de Andrade*. Porto Alegre: AGE, 2003.

DIAS, Márcio Roberto Soares. *Da cidade ao mundo*: notas sobre o lirismo urbano de Carlos Drummond de Andrade. Vitória da Conquista: Edições UESB, 2006.

FERREIRA, Diva. *De Itabira... um poeta*. Itabira: Saitec Editoração, 2004.

GALDINO, Márcio da Rocha. *O cinéfilo anarquista*: Carlos Drummond de Andrade e o cinema. Belo Horizonte: BDMG, 1991.

GARCIA, Nice Seródio. *A criação lexical em Carlos Drummond de Andrade*. Rio de Janeiro: Rio, 1977.

GARCIA, Othon Moacyr. *Esfinge clara*: palavra-puxa-palavra em Carlos Drummond de Andrade. Rio de Janeiro: São José, 1955.

GLEDSON, John. *Poesia e poética de Carlos Drummond de Andrade*. Tradução do autor. São Paulo: Duas Cidades, 1982.

_____. *Influências e impasses:* Drummond e alguns contemporâneos. São Paulo: Companhia das Letras, 2003.

GUIMARÃES, Júlio Castañon. *Distribuição de papéis*: Murilo Mendes escreve a Carlos Drummond de Andrade e a Lúcio Cardoso. Rio de Janeiro: Fundação Casa de Rui Barbosa, 1996.

GUIMARÃES, Raquel Beatriz Junqueira. *Pedro Nava, leitor de Drummond*. Campinas: Pontes, 2002.

HOUAISS, Antonio. *Drummond mais seis poetas e um problema*. Rio de Janeiro: Imago, 1976.

INOJOSA, Joaquim. *Os Andrades e outros aspectos do Modernismo*. Rio de Janeiro: Civilização Brasileira, 1975.

KINSELLA, John. *Diálogo de conflito*: a poesia de Carlos Drummond de Andrade. Natal: Editora da UFRN, 1995.

LAUS, Lausimar. *O mistério do homem na obra de Drummond*. Rio de Janeiro: Tempo Brasileiro; Brasília: Instituto Nacional do Livro, 1978.

LIMA, Mirella Vieira. *Confidência mineira*: o amor na poesia de Carlos Drummond de Andrade. Campinas: Pontes; São Paulo: EDUSP, 1995.

LINHARES FILHO. *O amor e outros aspectos em Drummond*. Fortaleza: Editora UFC, 2002.

LOPES, Carlos Herculano. *O vestido*. São Paulo: Geração Editorial, 2004.

LUCAS, Fábio. *O poeta e a mídia*: Carlos Drummond de Andrade e João Cabral de Melo Neto. São Paulo: Senac, 2003.

MAIA, Maria Auxiliadora. *Viagem ao mundo* gauche *de Drummond*. Salvador: Edição da autora, 1984.

MALARD, Letícia. *No vasto mundo de Drummond*. Belo Horizonte: Editora UFMG, 2005.

MARIA, Luzia de. *Drummond*: um olhar amoroso. Rio de Janeiro: Léo Christiano Editorial, 1998.

MARQUES, Ivan. *Cenas de um modernismo de província*: Drummond e outros rapazes de Belo Horizonte. São Paulo: 34, 2011.

MARTINS, Hélcio. *A rima na poesia de Carlos Drummond de Andrade*. Introdução de Antonio Houaiss. Rio de Janeiro: José Olympio, 1968.

MARTINS, Maria Lúcia Milléo. *Duas artes*: Carlos Drummond de Andrade e Elizabeth Bishop. Belo Horizonte: Editora UFMG, 2006.

MELO, Tarso de; STERZI, Eduardo. *7 X 2 (Drummond em retrato)*. Santo André: Alpharrabio, 2002.

MERQUIOR, José Guilherme. *Verso universo em Drummond*. Tradução de Marly de Oliveira. Rio de Janeiro: José Olympio, 1975.

MICELI, Sergio. *Lira mensageira*: Drummond e o grupo modernista mineiro. São Paulo: Todavia, 2022.

MONTEIRO, Salvador; KAZ, Leonel (orgs.). *Drummond frente e verso*: fotobiografia de Carlos Drummond de Andrade. Rio de Janeiro: Alumbramento; Livroarte, 1989.

MORAES, Emanuel de. *Drummond rima Itabira mundo*. Rio de Janeiro: José Olympio, 1972.

MORAES, Lygia Marina. *Conheça o escritor brasileiro Carlos Drummond de Andrade*. Rio de Janeiro: Record, 1977.

MORAES NETO, Geneton. *O dossiê Drummond*. São Paulo: Globo, 1994.

MOTTA, Dilman Augusto. *A metalinguagem na poesia de Carlos Drummond de Andrade*. Rio de Janeiro: Presença, 1976.

NOGUEIRA, Lucila. *Ideologia e forma literária em Carlos Drummond de Andrade*. Recife: Fundarpe, 1990.

PY, Fernando. *Bibliografia comentada de Carlos Drummond de Andrade (1918-1930)*. Rio de Janeiro: José Olympio; Brasília: Instituto Nacional do Livro, 1980.

ROSA, Sérgio Ribeiro. *Pedra engastada no tempo*: ao cinquentenário do poema de Carlos Drummond de Andrade. Porto Alegre: Cultura Contemporânea, 1978.

SAID, Roberto. *A angústia da ação*: poesia e política em Drummond. Curitiba: Editora UFPR; Belo Horizonte: Editora UFMG, 2005.

SANT'ANNA, Affonso Romano de. *Drummond, o gauche no tempo*. Rio de Janeiro: Lia Editor; Instituto Nacional do Livro, 1972.

SANTIAGO, Silviano. *Carlos Drummond de Andrade*. Petrópolis: Vozes, 1976.

SANTOS, Vivaldo Andrade dos. *O trem do corpo*: estudo da poesia de Carlos Drummond de Andrade. São Paulo: Nankin, 2006.

SCHÜLER, Donaldo. *A dramaticidade na poesia de Drummond*. Porto Alegre: URGS, 1979.

SILVA, Sidimar. *A poeticidade na crônica de Drummond*. Goiânia: Kelps, 2007.

SIMON, Iumna Maria. *Drummond*: uma poética do risco. São Paulo: Ática, 1978.

SÜSSEKIND, Flora. *Cabral – Bandeira – Drummond*: alguma correspondência. Rio de Janeiro: Fundação Casa de Rui Barbosa, 1996.

SZKLO, Gilda Salem. *As flores do mal nos jardins de Itabira*: Baudelaire e Drummond. Rio de Janeiro: Agir, 1995.

TALARICO, Fernando Braga Franco. *História e poesia em Drummond*: A rosa do povo. Bauru: EDUSC, 2011.

TEIXEIRA, Jerônimo. *Drummond*. São Paulo: Abril, 2003.

_____. *Drummond cordial*. São Paulo: Nankin, 2005.

TELES, Gilberto Mendonça. *Drummond*: a estilística da repetição. Prefácio de Othon Moacyr Garcia. Rio de Janeiro: José Olympio, 1970.

VASCONCELLOS, Eliane. *O Arquivo-Museu de Literatura Brasileira*: um sonho drummondiano. Rio de Janeiro: Fundação Casa de Rui Barbosa, 2002.

VIANA, Carlos Augusto. *Drummond*: a insone arquitetura. Fortaleza: Editora UFC, 2003.

VIEIRA, Regina Souza. *Boitempo*: autobiografia e memória em Carlos Drummond de Andrade. Rio de Janeiro: Presença, 1992.

VILLAÇA, Alcides. *Passos de Drummond*. São Paulo: Cosac Naify, 2006.

WALTY, Ivete Lara Camargos; CURY, Maria Zilda Ferreira (orgs.). *Drummond*: poesia e experiência. Belo Horizonte: Autêntica, 2002.

WISNIK, José Miguel. *Maquinação do mundo*: Drummond e a mineração. São Paulo: Companhia das Letras, 2018.

YUNES, Eliana; BINGEMER, Maria Clara L. (orgs.). *Murilo, Cecília e Drummond*: 100 anos com Deus na poesia brasileira. São Paulo: Loyola, 2004.

ÍNDICE DE PRIMEIROS VERSOS

... O apartamento abria, 278

À beira do negro poço, 312

A chuva me irritava. Até que um dia, 249

A fuga do real, 303

A igreja era grande e pobre. Os altares, humildes, 65

A madureza, essa terrível prenda, 301

A poesia é incomunicável, 302

A sombra azul da tarde nos confrange, 222

Abre em nome da lei, 310

Acorda, Luis Mauricio. Vou te mostrar o mundo, 112

Alguns anos vivi em Itabira, 64

Amar o perdido, 226

Amor em teu regaço as formas sonham, 211

Amor? Amar? Vozes que ouvi, já não me lembra, 206

Às duas horas da tarde deste nove de agosto de 1847, 82

As lições da infância, 38

Batem as asas? Rosa aberta, a saia, 216

Bela, 279

Bem quisera escrevê-la, 98

Bom dia: eu dizia à moça, 223

Cada dia que passa incorporo mais esta verdade, de que eles não
vivem senão em nós, 93

Cantiga do amor sem eira, 181

Carlos, sossegue, o amor, 186

Casas entre bananeiras, 61

Chega um tempo em que não se diz mais: meu Deus, 171

Clara passeava no jardim com as crianças, 148

Como esses primitivos que carregam por toda parte o maxilar inferior
de seus mortos, 220

Daqui a vinte anos farei teu poema, 123

De tudo ficou um pouco, 305

Dentaduras duplas!, 23

Deus me deu um amor no tempo de madureza, 202

Drls? Faço meu amor em vidrotil, 247

E agora, José?, 28

E como eu palmilhasse vagamente, 268

E como ficou chato ser moderno, 287

E é sempre a chuva, 273

E não gostavas de festa..., 100

É sempre no passado aquele orgasmo, 57

Entre o cafezal e o sonho, 129

Era a negra Fulô que nos chamava, 128

Era preciso que um poeta brasileiro, 133

Era tão claro o dia, mas a treva, 275

Espírito de Minas, me visita, 74

Esse incessante morrer, 119

Esta é a orelha do livro, 240

Estamos quites, irmão vingador, 308

Este é tempo de partido, 152

Este retrato de família, 79

Eu preparo uma canção, 177

Eu quero compor um soneto duro, 239

Eu sou a Moça-Fantasma, 66

Fabrico um elefante, 159

Foi no Rio, 145

Ganhei (perdi) meu dia, 320

Há cinquenta anos passados, 316

Há pouco leite no país, 168

Havia a um canto da sala um álbum de fotografias intoleráveis, 256

Imenso trabalho nos custa a flor, 172

Já não queria a maternal adoração, 51

João amava Teresa que amava Raimundo, 183

Lutar com palavras, 231

Mas que coisa é homem, 281

Meu pai montava a cavalo, ia para o campo, 88

Minha mão está suja, 31

Na curva desta escada nos amamos, 204

Na curva perigosa dos cinquenta, 217

Não calques o jardim, 71

Não cantarei amores que não tenho, 54

Não faças versos sobre acontecimentos, 235

Não serei o poeta de um mundo caduco, 150

Negro jardim onde violas soam, 272

Nesta cidade do Rio, 26

No céu também há uma hora melancólica, 263

No deserto de Itabira, 89

No meio do caminho tinha uma pedra, 255

Nossa mãe, o que é aquele, 195

Numa incerta hora fria, 95

O coração pulverizado range, 174

O dente morde a fruta envenenada, 286

O filho que não fiz, 111

O meu amor faísca na medula, 215

O mundo não vale o mundo, 259

O poeta municipal, 246

Onda e amor, onde amor, ando indagando, 219

Os cacos da vida, colados, formam uma estranha xícara, 274

Os desiludidos do amor, 184

Os impactos de amor não são poesia, 242

Os romeiros sobem a ladeira, 62

Paloma, Violetera, Feuilles Mortes, 52

Pede-se a quem souber, 163

Perdi o bonde e a esperança, 21

Poesia, marulho e náusea, 238

por que amou por que a!mou, 227

Preso à minha classe e a algumas roupas, 34

Provisoriamente não cantaremos o amor, 151

Quando mataram, 69

Quando nasci, um anjo torto, 19

Que a terra há de comer, 47

Que barulho é esse na escada?, 22

Que coisa é maralto?, 289

Que pode uma criatura senão, 218

Que quer o anjo? chamá-la, 280

Salve, reino animal:, 257

Se uma águia fende os ares e arrebata, 225

Sequer conheço Fulana, 188

Sinto que o tempo sobre mim abate, 41

Sobre teu corpo, que há dez anos, 131

Sombra mantuana, o poeta se encaminha, 127

Sorrimos para as mulheres bojudas que passam como cargueiros
adernando, 207

Talvez uma sensibilidade maior ao frio, 44

Tenho apenas duas mãos, 146

Tenho saudade de mim mesmo, 53

Trabalhas sem alegria para um mundo caduco, 149

Um inseto cava, 248

Um silvo breve: Atenção, siga, 245

Uma semente engravidava a tarde, 214

Vai, Hotel Avenida, 291

Vamos, não chores..., 36

Vi moças gritando, 264

Este livro foi composto na tipografia
Arno Pro, em corpo 11/14, e impresso em
papel off-white no Sistema Digital Instant Duplex
da Divisão Gráfica da Distribuidora Record.